윤치호의 『우순소리』 연구

허경진 · 정명기 · 유춘동 · 임미정 · 이효정

보고사

머리말

『우순소리』는 윤치호(尹致昊)의 저작으로, 1909년 일제가 제정한 내부고시 제27호에 의해 '치안과 풍속을 해친다'는 이유로 금서(禁書) 처분을 받았다. 이때 안국선(安國善)의 『금수회의록』, 현채(玄采)의 『월남망국사』 등이 함께 금서로 지정되었다.

『우순소리』를 제외한 대부분의 책은 발굴되어 구체적인 내용이 학계나 일반인에게 알려졌다. 그러나 이 책만은 최근까지도 제명(題名)만 확인되었을 뿐이었다.

이러한 이유로 이 책의 내용과 성격을 두고 여러 추정만이 있어 왔다. 가장 먼저 이 책의 표제만을 보고, 이 책을 우리나라 재담집의 연원(淵源)으로 상정한 견해가 나왔다. 이후 김태준과 임화의 증언을 토대로 『우순소리』를 『이솝우화』의 번역본으로 전제하고, 이 책의 간행으로 인해 근대계몽기 우언(寓言)의 형식과 내용 변화에 큰 영향을 미쳤다는 연구도 제출되었다.

최근에는 이 책이 금서로 지정된 사실과 광고 기사를 검토한 결과 '재담집'이 아니라, '비유소설'(풍자소설)로 보는 것이 타당할 것이라는 견해까지 나왔다. 이처럼 실본(實本)을 확인할 수 없는 상황에서 이 책의 성격과 위치를 규명하려는 그간의 노력들은 『우순소리』가 우리 근대계몽기 문학사와 이야기 문학사에서 상당히 중요한 위치를 차지하고 문제적인 작품임을 암시한다. 따라서 이 책을 발굴하여 내용을 검토하는 작업은 시급한 과제였다.

공식적으로 확인된 『우순소리』의 간행은 모두 두 차례 이루어졌다. 1차는 1908년 7월 30일 대한서림(大韓書林)에서, 2차는 1910년 5월 10일 미국 하와이 신한국보사(新韓國報社)에서 발행되었다.

필자는 그동안 두 책의 행방을 찾기 위해 여러 방법을 통해 시도해 보았다. 그러나 국내외를 통틀어 존재를 확인할 수가 없었고 다만 김을한(金乙漢)이 현대역을 한 『우순소리』만을 찾을 수 있었다. 아쉽지만 이를 대상으로 이 책의 성격과 의의를 논의해 보았다. 이 논문은 일본 와세다대학 국제학술대회에서 발표하였다. 아울러 1920년대까지 국내에 소개된 『이솝우화』들을 수집해 단행본도 간행하였다.

그러나 논문이 국내 학술지에 출간된 후, 일본 '토야마[富山] 국립대학교'에서 수집해 놓은 "朝鮮開化期 大衆小說 原本 컬렉션"에 대한서림에서 간행한 『우순소리』 원본이 있다는 사실을 알게 되었다. 하지만 이런저런 개인적 사정으로 인하여 원본을 확인할 기회를 미루다가 이번에 책으로 출간하게 되었다. 아울러 『우순소리』 이외에 다른 책들도 곧 소개할 예정이다.

『우순소리』 원본을 필자가 이미 소개하였던 김을한의 전재본(轉載本)과 비교해 본다면, 현대어로 바꾸는 과정에서 어감(語感) 등에서 차이가 있을 뿐 큰 차이가 없다. 다만 원본에서도 이 책을 집필한 배경을 알려줄 수 있는 윤치호의 서문(序文)은 빠져있다. 앞으로 자료조사와 하와이에서 간행되었던 『우순소리』 재간본(再刊本)의 발굴을 통해 이 부분을 분명히 확인할 필요가 있다.

『우순소리』는 대략 100여 년의 시간이 흐른 지금에서야 이 책을 통해 사람들에게 첫 모습을 보인다. 이 책을 저술한 윤치호는 현재

친일파의 대표인물로 낙인이 찍혀 있다. 그러나 그는 한일합방 이전
에 민족의 독립과 자강을 위하여 그 누구보다도 열정적으로 활동했
던 사람이었다. 이 책 곳곳에 드러나 있는 그의 짧은 촌평(寸評)만으
로도 설명이 충분하다. 앞으로 그를 새롭게 조명한다는 측면에서도
이 책은 대단히 중요하다고 할 수 있다.

아울러 일제 강점기 초기에 있었던 금서(禁書)의 문화사를 조명하
고, 우언(寓言)·우화(寓話)문학을 다루는 데 있어서 이 책은 반드시
검토해야 할 책이다. 이와 관련된 작업들은 차후 작업으로 미룬다.

원본 『우순소리』를 검토하기까지 많은 도움을 주신 고운기 교수
님, 함태영 선생님, 아카소우(赤曾) 선생님, 그리고 이 책에 책임편집
을 맡아주신 민계연 님께 감사를 드린다.

2010년 1월 저자를 대표하여
허경진

차 례

제1부 윤치호의 『우순소리』 관련 연구 성과

제2부 윤치호의 『우순소리』

찾아보기(제목별 색인)

일러두기

1. 이 책은 『우순소리』와 관련된 연구, 현대역과 교주(校註), 원문(原文), 영인본으로 이루어져 있다.

2. 현대역과 교주의 저본(底本)은 일본 토야마[富山] 국립대학교에 소장된 『우순소리』이다.

3. 현대역은 원문을 최대한 살리는 방향으로 하였다. 다만 마침표, 대화 표시, 띄어쓰기, 책 표시 등은 교주자가 가독성을 높이기 위해 붙인 것이다. 아울러 김을한이 시도한 현대역과 어떤 차이점이 있는지를 각주를 통해 밝혔다.

4. 원본에서 명백한 오류나 오식(誤識)일 경우 [ ] 표시나 각주를 통해 바로 잡았다.

5. 원문은 영인본과의 대조를 위해 각 장의 첫 글자 부분에 장수(張數) 표시를 해두었다.

일제 치하 재담집에 대한 재검토

정명기

1. 들어가는 말

근자에 들어와 일제 치하에 간행된 재담집에 대한 학적 성과[1]가 꾸준히 계속되고 있음은 우리 서사문학의 폭과 깊이를 넓히는 데 긍정적 기여를 했다고 할 수 있다. 나아가 같은 분야에 관심을 갖고 있는 필자 또한 이로부터 많은 학적 자극을 받았음을 실토하지 않을 수 없다. 이런 학적 관심의 결과, 이들 재담집에 대한 성격 규명 또한 나름대로나마 어느 정도는 파악된 것으로 보여진다.

그럼에도 이들 재담집에 대한 선행 연구는 여러모로 이에 대한 기본적인 몇몇 문제들과 아울러 이들 재담집들이 과연 어떠한 경로

---

1) 서대석, 『한국구비문학에 수용된 재담 연구』, 서울대 출판부, 2004.
서대석 외, 『전통 구비문학과 근대 공연예술』 I · II · III, 서울대 출판부, 2006.
서대석, 『한 · 중 소화의 비교』, 서울대 출판부, 2007.
조동일, 『한국문학 이해의 길잡이』, 십문당, 1996.
황인덕, 『한국기록소화사론』, 태학사, 1999.
김준형, 『한국패설문학연구』, 보고사, 2004.
김준형, "조선조 稗說文學 연구-골계류를 중심으로-", 고려대 대학원 박사논문, 2003.06.
김준형, 「근대 전환기 패설의 존재양상 -1910~1920년대 패설집을 중심으로-」, 『한국문학논총』 41집, 한국문학회, 2005, 289~329쪽.
김준형, 「근대 패설의 흐름과 이명선의 이야기」, 『대동한문학』 24집, 대동한문학회, 2006, 109~142쪽.
김정연, "1910년~1920년대 소화집 연구", 덕성여대 대학원 석사논문, 2003:
김효연, "『仰天大笑』 연구", 서강대 교대원 석사논문, 2006.08.
이홍우, "일제 강점기 재담집 연구", 서울대 대학원 석사논문, 2006.02.

를 통하여 형성되었는가에 대한 문제 등에 대해 그동안 별다른 관심
을 쏟지는 않았던 것으로 여겨진다.

　이런 문제 인식 아래, 필자는 본고에서 다음 몇몇 문제를 검토하여
보고자 한다. 그것은 첫째, 즉 『우순소리』를 두고 전개되어 온 그 동
안의 선행 연구성과를 오늘날까지도 액면 그대로 받아들여야만 하는
가 하는 문제, 둘째, 어느 누구도 주목하지 못했던 『요지경』과 같은
자료의 소개를 통해서 재담사(才談史)의 새로운 정립도 가능하지 않
을까 하는 문제, 셋째, 일제 치하 재담집에 영향을 끼친 선행 자료는
과연 무엇인가를, <대한매일신보>의 존재를 통해 밝혀보려는 문제
등이 바로 그것이다. 여기서 필자가 특히 관심을 갖는 문제는 <대한
매일신보>의 존재이다. 그러나 <대한매일신보>에 대한 관심은 사
실 어제오늘에 비롯된 것은 아니다. 일일이 들 수 없을 정도로 많은
학적 성과가 여러 학문 분야에서 다양하게 제기되었다는 점을 통해
서도 그 점 익히 확인된다. 한편 범위를 문학으로 좁혀 살피더라도,
대부분의 근대문학 연구자들이 <대한매일신보>에 수록된 서사물
가운데 근대소설의 성격을 지니고 있는 일련의 자료들에 대해 집중
적인 관심[2]을 쏟아왔던 것에서도 거듭 확인된다. 그러나 <대한매일
신보>에는 이런 자료 뿐만 아니라 재담집과 관련하여 주목할 만한
많은 단형서사체가 수록되어 있는 것 또한 사실이다(후술한다). 아울
러 이들 자료들이 바로 뒤이어 간행된 재담집들과도 밀접한 관련 양

---

2) 김영민 외, 『근대계몽기 단형 서사문학 자료전집』(상·하), 소명출판, 2003.12.
　김영민, 『한국 근대소설의 형성과정』, 소명출판, 2005.11.
　김영민, 『한국의 근대신문과 근대소설』 1, 대한매일신보, 소명출판, 2006.08.

상을 지니고 있는 것으로 확인된다는 점에서 그 존재 의의는 기존 논의와는 다른 각도에서도 충분히 인정받을 수 있다고 하겠다.

이들 문제에 대한 본격적인 검토에 앞서서, 필자가 그 동안 도서관의 서지 목록이라든가 선행 연구성과 또는 소설 작품의 뒷면에 실려 있는 광고 문안 등등을 통하여 구체적으로 확인한 일제 치하에 간행된 재담집들은 약 30여 종에 달하는 것으로 확인된다(자세한 목록은 뒤에 따로 붙인 참고 자료 (1)을 참조하라). 그러나 이들 자료집 가운데는 물론 현전 여부가 분명하지 않은 자료집들 뿐만 아니라, 필자가 미처 검토하지 못한 자료집들 또한 포함되어 있다. 앞으로 이에 대한 계속적인 탐색이 요청된다고 하겠다.

여기서는 위에서 언급했듯이 재담집에 대한 그 동안의 연구성과가 간과했던 몇몇 문제들에 대하여, 필자의 견해를 밝히는 것으로 논의의 범위를 국한할까 한다.

2. 『우순소리』의 성격에 대한 새로운 이해

윤치호의 『우순소리』는 1908년 7월 30일에 간행되었는 바, 선행 연구자들[3]은 이 책을 일제 치하에 최초로 간행된 재담집일 것으로

---

3) 대표적인 경우로 조동일 · 황인덕을 들 수 있는데, 편의상 여기서는 황인덕의 주장만을 들어 보일까 한다. "이 시기 소화사가 보여준 모습의 하나로서 마지막으로 짚고 넘어갈 것으로, 근대적 소화집의 공간(公刊)이 이때 최초로 이루어졌다는 사실이다. 윤치호(尹致昊:1864~1946)가 펴낸 <우순소리>(1908년)가 그것이다. 이름으로 보아 소화집이 분명한 이 책은 현재로서 정확한 체재나 내용상의 특질징을 확실히는 알 수 없다. --- (중략) --- 그렇다면, 이 소화집은 그 무렵 고조되었던

파악하는 태도를 보여 왔다. 그러나 불행히도 이 책은 출간되고 바로
이어 일제에 의해 금서로 지정된 탓인지, 그 현존 유무와 작품적 실
상에 대한 일련의 정보조차 우리에게 전혀 알려져 있지 않은 상태이
다. 이런 점에서 본다면 『우순소리』가 선행 연구자들이 주장하고 있
는 것처럼 과연 재담집으로서의 성격을 지니고 있는 자료집인지조차
의문이 아닐 수 없다고 할 수 있다. 왜냐하면 그것은 이러한 주장이
자료집에 대한 분명한 검토를 바탕으로 이루어진 것이 아니라, 그
제목으로부터 쉽게 유추해 낸 주장에 불과한 듯한 느낌이 있다는 점
때문이다. 우리들이 선행 연구자들의 이런 주장을 액면 그대로 계속
하여 수용해야 할 것인지에 대해 이제 한번쯤은 진지하게 생각해 볼
필요가 있다고 본다. 다음의 광고 문안들은 이러한 필자의 회의적
시각에 대한 나름의 논거를 뒷받침해 주는 한 증거로 기능한다.

> 우슨 소리 — 이 칙은 우리나라 교육계에 유명흔 윤치호씨의 져슐흔
> 바 외국 사샹을 니르키며 독립졍신을 빗양ᄒᆞᄂᆞᆫ 비유
> 소셜이라. [4]

> 우슨 소리 — 이 칙은 교육 대가 윤치호의 져슐흔 유익흔 비유소셜
> 인ᄃᆡ[5]

소화를 통한 사회 비판적인 기능의 연장이라는 의미를 지닌다고 이해돼야만 할
듯하다."(밑줄: 필자 표시) 황인덕, 앞의 책. p.279 참조.

4) <신한국보>, 융희 4년(1910)년 4월 5일의 광고 기사.

5) <신한국보>, 융희 4년(1910)년 4월 12일의 광고 기사. 이와 같은 내용은 같은
   해 4월 19일와 4월 26일의 광고 기사에서도 거듭 나타난다.

이런 광고 기사를 액면 그대로 믿는다면, 우리는『우순소리』를 더
이상 재담집의 성격을 지니고 있는 작품집이라기보다는 '인국 사상
을 니르키며 독립정신을 비양ㅎ는 비유소설'으로 보아야 하는 것이
마땅한 태도가 아닐까 한다. 나아가 재담집의 문학적 성격을 유념할
때, 그것이 비록 부분적으로는 '인국 사상을 니르키며 독립정신을 비
양ㅎ는' 순기능 또한 지닐 수도 있겠지만, 이런 면모는 재담집에 수
록된 작품의 면면과 그 문학적 성격 등을 유념할 때 결코 쉽게 수용
하기 어려운 것으로 여겨진다. 이런 점에서 본다면『우순소리』는 통
설로까지 지리잡은(?) 선행 연구자들의 주상과는 날리 재담집이 아
니라, '비유소실'(풍자소설)석 성향을 지니고 있는 작품으로 보아야 한
다고 본다. 여기서『우순소리』가 순수한 재담집으로서의 성격이 강
한 작품집이었다면, 일제기 굳이 이 직품집에 내하여 금서 조처를
취하였겠느냐는 앞뒤의 상황까지도 고려하더라도, 선행 연구자들의

주장은『우순소리』의 실상과
는 거리가 먼 견해로 보아야
하지 않을까 싶다.

이러한 필자의 주장 또한 다
른 연구자들과 마찬가지로 이
책을 직접 검토한 데서 도출된
견해가 아니라, 당시의 광고 기
사를 토대로 도출된 견해에 불
과하다는 점에서 이에 대해 계
속적인 검토가 요청된다고 하

1909년 6월 9일

겠다.

이 책이 일제에 의하여 금서 조처를 받은 뒤, 멀리 떨어진 미국의 우리 동포들에 의하여 다시 간행되었다는 사실을 전하는 아래와 같은 몇몇 단편적인 기사를 여기서 새삼 주목할 필요가 있다. 우리의 노력 여하에 따라서는 앞으로 이 책의 성격 규명에 대한 성과 또한 어렵지 않게 이루어지리라 본다. 향후 관심 있는 동학들의 분발이 요청되는 까닭이다. 그것은 **전후 6차례에 걸쳐 〈신한국보〉에 실린 『우슨(순) 소리』 광고**에서 익히 확인되는 바, 융희 4년(1910) 5월 10일과 5월 17일의 기사는 『우순 소리』가 1910년 5월 10일에 신한국보사의 노재호에 의해 간행되었음을 분명히 일러 주고 있다.

이해를 돕기 위해 해당 광고 기사를 보이면 다음과 같다.

> 교육대가 윤치호씨 져작 定가金 二十五錢
> 우순 소리
> 흔 더슨 二元 二十五 錢. 흔 번에 二 더슨 이상을 쳥구ᄒ시ᄂ 이외게ᄂ 특별 렴가로 슈응ᄒ겟ᅀᅳ고 특별히 五百 권 위한ᄒ고 義士 안즁근씨의 샤진 일 폭식 렴부ᄒ 터이니 속속히 쳥구ᄒ시오.
> 五月 十日 發行 新韓國報社內 로지호[6]

---

6) 〈신한국보〉 융희 4년(1910)년 5월 10일, 5월 17일의 기사 참조.

3. 『요지경』의 재담사적 위치와 그 가치

그렇다면 오늘날 우리가 구체적으로 그 실물을 확인할 수 있는, 가장 이른 시기에 출간된 재담집은 어떤 작품집이며 또 그것이 우리 재담사에서 어떠한 위치와 가치를 점유하고 있는 것인가에 대한 의문을 갖지 않을 수 없다.

『요지경』[7]의 저술자는 앞부분에서는 '박영진'으로 명기되어 있는 반면, 말미의 출간 사항에서는 그와 달리 '져작권겸 발힝쟈'라고 하며 '京城 西部 夜珠峴 二十五統 十六戶'에 거주하는 '박희관'으로 밝히고 있어 뭔가 모호한 부분이 있다. '박영진'이나 '박희관' 등에 대한 일련의 정보 또한 현재까지는 별로 밝혀진 바가 없는 실정이다. 혹 大正 6년 19월에 세창서관에서 간행한 『能見難思』의 작자로 '경성부 종로통 4丁目 卅一번지'에 살고 있는 '박영진'과 동일 인물일 가능성도 잇으나 이마저도 분명치는 않다. 이에 대한 세심한 천착이 요청된다고 하겠다.

『요지경』의 초판은 '明治 43년(1910) 12월 10일'에 발행되었지만, 현새 그 초판본은 전해지지 않고, 국립중앙도서관에 다음해인 '명치 44년(1911년) 11월 4일'에 재판으로 간행된 단행본이 소장되어 있다. 처음부터 온전히 한글로 되어 있고, 총 185화가 수록되어 있다. 통설을 그대로 따른다면, 『요지경』은 현재까지 확인된 재담집들 가운데

---

7) 이 자료집에 대한 학적 언급은 일찍이 三枝壽勝, 「笑話集과 話藝 -한국문학 이해를 위한 시론-」, 『국어국문학』국어국문학 136호, 국어국문학회, 2004, 67~102쪽에서 이루어진 바 있지만, 그 자신 또한 이 자료집을 재담집의 맥락에서는 파악하고 있지 못한 태도를 드러내는 것으로 여겨진다.

윤치호의『우순소리』를 제외하고서는 시기적으로 가장 일찍 출간된
자료집으로 파악된다. **이 자료집 소재 재담은 후대에 간행된 여타
자료집들의 그것과 달리 대화체가 아닌 서술체로 되어 있다는 특징
적 징표를 지니고 있다.** 한편 77화에 달하는 이야기들의 결미부에는
저자인 박영진의 주관적 평이 첨부되어 있어 흥미를 끌고 있다. 여기
서는 대표적인 몇몇 경우만을 들어 그것을 보일까 한다. <이 량반이
ᄆᆞ음에 분ᄒᆞ여 곳 신문샤에 가셔 질문ᄒᆞ더라니 **실업의아둘**>(2화),
<관속을 호령ᄒᆞ여 '이 가관쟝을 디경 밧그로 츅츌ᄒᆞ라 -.' ᄒᆞ니 **이런
쏭항아리 보게**>(4화), <우리나라 사ᄅᆞᆷ들은 아츰에 니러나면 세상 업
셔도 옷브터 몬져 닙고야 셰슈ᄒᆞ다." ᄒᆞ니 **양인의 코가 납쪽 힛겟
쇼**>(12화), <쥬인이 ᄯᅩᄒᆞᆫ 그 ᄯᅳᆺ을 짐작ᄒᆞ고 짐을 뎍당ᄒᆞ게 실어 주더
라니 **말이나 ᄉᆞᄅᆞᆷ이나 원형리졍이 뎨일이지**>(40화).

한편『요지경』은 필사본으로도 유통되었는 바, 이로 본다면 당시
에 많은 관심을 끌었던 작품집임을 알 수 있다. 그 체제는 (앞 부분
탈락)/終結/學術講習說/雄辯家/雄辯家 되는 法方(方法?)/演說者 態
度(총 13장 분량) 등의 글에 이어『요지경』(총 51장)으로 이루어져 있다.
활자본『요지경』과 필사본『요지경』의 두 자료에서 발견되는 표기법
에서의 차이 등을 고려할 때, 필사본『요지경』은 활자본『요지경』보
다는 시대적으로 후행하여 출현한 자료로 생각된다. 가로 15cm, 세
로 20cm이며, 翥初가 소장하고 있다. 56화로 이루어져 있는데, 그
가운데 50화까지는 활자본『요지경』을 순차적으로 전재하는 방식으
로 이루어지지만, 51화부터는 활자본『요지경』의 순서를 임의로 선
별하는 방식으로 구성되어 있다 - 예: 51화(100화), 52화(102화), 53화

(79화), 54화(175화), 55화(170화), 56화(168화) -

활자본『요지경』에 비하여 필사본『요지경』은 다음과 같은 표기상의 차이를 드러내고 있다는 점에서 나름의 독자성을 담보받을 수 있다. 곧 그것은 다음과 같은 방식으로 구현된다. 첫째, 우리말을 일본어로 바꾸어 표현하는 방식, 둘째, 우리말을 한자어로 바꾸어 표현하는 방식 등이 바로 그것이다.

첫째, 우리말을 일본어로 바꾸어 표현하는 방식.

그 人ガ(이 스롬이): 8화(17화)
→ ヒトガ(사롬이): 19화(42화)

クダサイ(주시오): 20화(43화)
→ 겁이 テテ(나셔) 다라나고: 22화(46화)

主人ガ(이): 22화(46화)
→ 쇼년이 와서 見テ(보고) 무러: 36화(124화)

둘째, 우리말을 한자어로 바꾸어 표현하는 방식.

바눌 一介(훈 기): 10화(19화)
→ 大川(큰 니)ガ 잇거눌: 11화(20화)

五, 六 歲(칠, 팔 세): 16화(37화)
→ 一日은(하로는): 18화(39화)

餅價ヲ(쩍갑): 20화(43화)

→ 不知(아지 못) ᄒ고: 20화(43화)

大희 ᄒ야(깃거 ᄒ여): 22화(48화)

→ 솟을 開見 ᄒ이(열고 보니): 22화(48화)

滿酒(술이 가득) ᄒ거늘: 22화(48화)

→ 不知 ᄒ고(몰나보고): 22화(48화)

油家(기름집)에셔: 24화(53화)

→ 昔者(녯적)에: 37화(125화)

술이 大醉(잔ㅅ득 취)ᄒ 모양이라: 44화(149화)

한편 활자본『요지경』은 뒷날인 1918년에 강의영에 의하여 영창서
관에서 간행된『팔도재담집』[8]과 1928년에 간행된『십삼도재담집』에
도 상당한 분량이 그대로 수용되는 것으로 확인되었다. 먼저『팔도재
담집』은 총 145화로 이루어져 있는 재담집인 바, 그 중 20~24화,
30~50화, 74화~82화, 117~145화를 제외한 나머지 81화가 바로 활
자본『요지경』을 그대로 전재·수용한 것임이, 한편『십삼도재담집』
의 경우, 이들 두 재담집, 곧『요지경』과『팔도재담집』을 전재·수용
한 이야기가 52화에 이르고 있는 점에서 익히 확인된다. 이런 점만으
로도, 활자본『요지경』의 야담사적 위치와 그 가치가 결코 적지 않음
을 익히 알 수 있다. 향후 활자본『요지경』에 대한 본격적인 접근과

---

8) 이 자료집의 원문과 간단한 해제가 이홍우에 의해 이루어진 바 있다. 이홍우,「문헌
자료『팔도재담집』, 원문과 해제」,『웃음문화』창간호, 한국웃음문화학회, 2006, 269
~336쪽.

해석이 요청된다고 하겠다.

위에서 지적한 몇몇 사항들을 통해, 우리는 그 동안 진행되어 온 재담집에 대한 연구 성과가 해결한 성과 못지않게 해결하지 못한 많은 과제를 또한 내포하고 있음을 알게 되었다. 그것은 특히 <대한매일신보> 소재 단형서사체와 일제 초기 재담집 간의 관련성을 주목한 성과가 일찍이 제출된 바 없다는 점에서 더욱 극명히 잘 드러난다. 항을 달리하여 이 문제를 검토하기로 한다.

4. <대한매일신보>와 일제 치하 재담집의 관련 양상

여기서는 논의의 범위를 재담사에서 볼 때 비교적 초기에 출간된 것으로 생각되는 다음 3종의 재담집 – 곧『絕倒百話』,『開卷嬉嬉』,『笑天笑地』– 으로 국한하여 살펴보기로 한다. 그 이유는 이들 3종의 재담집이 <신문관>이라는 동일한 출판사에서 간행되었다는 점, 나아가 초기 <대한매일신보>의 그것과 같이 한문이 주가 되는 표기 방식을 취하고 있다는 점, 이들 3종의 재담집의 관련 양상에 대한 선행 연구성과가 일찍이 제기된 바 있다는 점 등을 두루 고려하였기 때문이다. 선행 연구성과에 따르면,『笑天笑地』는 총 322화로 이루어져 있는 재담집인 바, 그 가운데서 120화~219화까지의 100화는『絕倒百話』를, 220화~315화까지는『開卷嬉嬉』가운데 아래 5화 – 五十. <擧本戲鄭>(削), 五十六. <男一女九>, 五十八. <自願打殺>(削), 八十六. <翁試婿才>(削), 九十四. <雨中放溺>(削) –를 제외한 나머지 전부를 그대로 수록하고 있다는 점이 밝혀진 바[9] 있다. 그러나 『笑天笑地』의 1화부터 119화까지의 이야기들의 원천은 아직껏 밝혀진 바 없다. 『笑天笑地』의 이런 면모를 통하여, 우리는 해당 자료집의 1화부터 119화까지의 이야기들 또한 아직 알려지지 아니한 다른 자료집으로부터의 전재·수용일 가능성이 높음을 추론하게 된다. 이런 점을 고려하여 일제 초기에 간행된 근대신문을 두루 검토하던 중, 필자는 <대한매일신보>의 아래와 같은 단형서사체의 존재에 대해 주목하게 되었다. 그 결과 필자는 <대한매일신보>에 수록된 <笑話>(우슴거리) 또는 <利於藥>이라는 단형서사체가 일제 초기 재담집과 밀접한 관련 양상을 지니고 있음을 발견하게 되었다.

검토한 내용의 결론부터 밝혀 제시하면 다음과 같다.

『笑天笑地』가운데 그 출전이 아직 정확히 밝혀진 바 없는 1화부터 119화까지의 이야기들 가운데 다음 20화가 <대한매일신보>에 수록된 <笑話>(우슴거리)와 완전히 동일한 이야기(4화, 8화, 9화, 10화, 11화, 14화, 15화, 16화, 17화, 18화, 19화, 20화, 38화, 40화, 41화, 43화, 44화, 66화: 17화)이거나 정황의 유사성을 드러내고 있는 이야기(21화, 66화, 103화: 3화)라는 사실을 알게 되었다. 이해를 돕기 위해 <표>로 제시하면 아래와 같다.

---

9) 김준형, 위의 책, p. 231~234. 『소천소지』에 대한 몇몇 특징적 내용을 서술한 뒤, 이 책을 '『절도백화』와 『개권희희』의 증보판으로 이해해도 무방할 듯하다. 즉 『절도백화』와 『개권희희』를 한데 묶고, 이후 수집된 이야기 126편을 더 보태어 보완한 책'으로 보아야 한다고 주장한 바 있다(밑줄: 필자 표시). 밑줄 친 부분을 통해 볼 때, 『소천소지』의 원 출전이 무엇인지를 처음으로 규명한 그조차 『소천소지』를 포함한 다른 일제 초기 재담집의 원전이 무엇인지에 대해 미처 신경을 기울이지 못했던 것으로 파악된다.

회수	『笑天笑地』	문체	대한매일신보 소화(우슴거리)	문체	관련양상
1	覓屍有道	한문	1912-03-08	한글	완전동일
2	母女相戲	한문	1912-03-10	한글	완전동일
3	水解皺紋	한문	1912-03-10	한글	완전동일
4	睡裡能見	한문	1912-03-09	한글	완전동일
5	乘屋乘鏡	한문	1912-03-09	한글	완전동일
6	不返車票	한문	1912-03-07	한글	완전동일
7	是父是子	한문	1912-03-07	한글	완전동일
8	先生是惰	한문	1912-03-06	한글	완전동일
9	死後感祟	한문	1912-03-06	한글	완전동일
10	記而不知	한문	1912-03-03	한글	완전동일
11	敎拜遲路	한문	1912-03-01	한글	완전동일
12	可讀舊新聞	한문	1912-03-08	한글	완전동일
13	夢見周公	한문	1912-10-26	한글	정황이 유사
14	以死自處	한문	1912-03-12	한글	완전동일
15	失驢忘名	한문	1912-03-13	한글	완전동일
16	牽犢呼父	한문	1912-03-13	한글	완전동일
17	可畏新聞	한문	1912-03-14	한글	완전동일
18	兄弟談月	한문	1912-03-14	한글	완전동일
19	掛在絕半	한문	1912-03-15	한글	정황의 유사
20	見狗亦拜	한문	1912-10-14	한글	정황의 유사

　표기법 상의 엄연한 차이가 발생하고 있음에도, 『笑天笑地』와 <대한매일신보> 소재 기사의 대부분이 완전히 동일한 이야기란 점에서, 『笑天笑地』에 수록된 다른 두 재담집, 곧 『絶倒百話』와 『開卷嬉嬉』와의 표기법 상의 통일을 꾀하기 위하여 『笑天笑地』의 엮은이가 <대한매일신보> 소재 <소화>(우슴거리)를 한문투로 바꾸어 표기

했다는 정도 이상의 다른 의미를 부여하기는 힘들 것으로 파악된다.

여기서는 이 두 경향(곧 완전 동일한 이야기와 정황의 유사성을 지니고 있는 이야기)의 구체적 면모를 보이기 위하여 한두 예만을 들어 보인다. 전자의 보기로 제시된 <대한매일신보> 1912년 3월 6일자에 수록된 아래의 <笑話(우슘거리)>는, 1912년 2월 11일자로 신문사 측에서 내건 현상공모에서 3등으로 뽑힌 작품 가운데 하나인데 <京城 中部 宮洞 七十一統 一戶>에 살던 呵呵生이 투고한 것으로 확인된다.

> ▲ 한 사름이 그 ᄋᆞ들의 게으른 것을 보고 하로는 경계홀 ᄎᆞ로 압헤 불너 안치고
> (부) "이익! 너 단이는 학교에는 누가 뎨일 게으르더냐?"
> (ᄌᆞ) "몰나요. 누가 게른지 알 슈 잇슴닛가?"
> (부) "네가 아마 알 ᄯᅮᆺᄒᆞ다. 상학 시간에 남들은 글도 익고 글시도 쓰ᄂᆞᆫᄃᆡ 감안히 안져 아모것도 안이ᄒᆞᄂᆞᆫ 사름이 누구더냐? 그 사름이 게으른 것이 안이냐?"
> (ᄌᆞ) "예 ─, 션싱님이지오."

이 이야기는 앞서 밝힌 바와 같이, 『笑天笑地』의 16화에 '先生是惰'라는 제목으로 다음과 같이 나타나고 있다.

> 子. 甚怠惰
> 父. 問曰 爾學房에 誰最怠惰
> 子. 如何是怠惰
> 父. 他人은 讀書ᄒᆞ여도 己ᄂᆞᆫ 不讀ᄒᆞ고 他人은 習字ᄒᆞ되 己ᄂᆞᆫ 不習ᄒᆞ고 無事閒坐가 是怠惰
> 子. 是怠惰면 我先生이 果怠惰

한편 후자의 경우로 제시하는 다음 이야기는 <대한매일신보>에
<一 笑話>라는 항목 아래 1910년 10월 26일에 실려 있는데, 그 제목
은 <夢見孔夫子>으로 되어 있다.

一 村學究가 書案을 對ㅎ야 垂頭而眠ㅎᄂ 學童을 以鞭打頭ㅎ고
且戒之曰 "昔者 孔夫子끠셔 宰子 晝寢흠을 見ㅎ시고 柯木은 不可
雕也라 ㅎ셧스니 爾等은 切勿晝眠ㅎ라." ㅎ더니 未幾에 學究가 垂
頭而眠ㅎᄂ지라. 前述 學童이 大呼曰 "先生은 何爲晝眠고?" 學究曰
"余ᄂ 忘却ㅎᆫ 字가 有ㅎ기로 夢見공夫子ㅎ고 其 字義를 問ㅎ얏노
라." 學童이 其 言을 聞흔 後 '一 口實을 得ㅎ얏다' ㅎ고 故意 睡眠ㅎ
니 學究가 又來 打頭ㅎ거ᄂ 學童曰 "小童이 接見공夫子ㅎ고 先生
의 來不來를 稟問흔즉 先生을 引見흔 時가 頓無ㅎ다 ㅎ더이다."

한편 이 이야기는 『笑天笑地』의 21화로 다시 수록되는데, 그 제목
이 <夢見周公>으로 바뀌어 나타난다.

學童. 方晝眠
先生. 責怠惰ㅎ고 翌日에 偶坐睡
學童. 先生은 胡爲晝眠
先生. 我欲夢見周公
學童. 翌日에 又睡
先生. 又責之
學童. 我亦夢見周公
先生. 周公何言
學童. 周公言內 昨日에 不見爾先生

나아가 원 출전이 『絕倒百話』인 이야기들 가운데 많은 이야기들
또한 <대한매일신보>의 <利於藥> 소재 기사에 비할 때, 제목이 새
롭게 나타난다는 차이점을 제외하고서는 이들 소재 기사와 완전히
동일한 이야기(123화, 128화, 130화, 160화, 165화, 200화, 218화, 219화: 8화)
이거나, 자구 상에서의 사소한 차이를 드러내고 있는 동일한 이야기
들(28화)이라는 사실을 또한 알 수 있었다. 이에 『絕倒百話』 소재 이
야기 가운데 약 30%가 넘는 이야기들이 바로 <대한매일신보>로부
터 전재·수용된 이야기에 다름 아니라는 사실이 새롭게 드러났다
고 할 수 있다.

대부분의 이야기들은 단순 전재·수용되고 있는 반면, 다음 2화는
나름의 변이(誤讀, 縮約)가 발생하고 있는 바, 해당 문면을 구체적으로
제시하면 다음과 같다.

성격	利於藥(1910년 12월 13)	『笑天笑地』196화(=『絕倒百話』77화)
誤讀	禹老. 與楊老同座 少年. 入拜禹老而不拜楊老 楊老. 爾何拜禹而不拜我 少年. 我는 見牛(禹)코 未見羊(楊)	≪禹楊何擇≫ 禹老. 與楊老同座 少年. 入拜禹老而不拜楊老 楊老. 爾何拜禹而不拜我 少年. 我는 見禹(牛)코 未見楊(羊)

성격	利於藥(1910년 12월 15일)	『笑天笑地』197화(=『絕倒百話』78화)

탈락
축약
	甲. 會友飮酒ᄒ다가 自擅地閥曰 "吾
	   儕가 并是三韓甲族之孫 子■對
	   三韓甲族之孫
	乙. 憎其傲驕ᄒ야 逐屬對曰
	
	我姓은 丁이니 一齊丁氏之子가 如何
		≪有奇必偶≫
		甲. 會友飮酒ᄒ다가 自擅地閥曰 吾儕가
		   并是三韓甲族之孫
		乙. 憎其傲驕ᄒ야 請曰 我屬對乎
		甲. 諾
		乙. 我姓은 丁이니 一齊丁氏之子가 如何

한편 <대한매일신보> 소재 단형서사체는 다시 일제 강점기에 필
사되거나 간행된 일련의 단행본들에도 그 영향을 끼치고 있음을 어
렵지 않게 확인할 수 있었다. 먼저 국립중앙도서관에 소장된 필사본
『花世界·金紫洞』合部에 합철된 <笑話>를 보면, 여기에 수록된
다음 6 화 또한 <대한매일신보> 소재 단형서사체의 전재·수용에
다름 아닌 것으로 확인되었다. 위에서와 마찬가지로 <표>로 대신한
다(자세한 내용은 뒤에 따로 붙인 참고 자료 (2)를 보라).

화수	『花世界·金紫洞』소재 소화	대한매일신보
1	自錢自喫 何足慮	1910년 10월 21일
2	價高흔 洋鞋	1910년 10월 20일
3	狼狽莫甚	1910년 10월 19일
4	飜覆之理	1910년 10월 16일
5	每事不成	1910년 10월 15일
6	무제명	1910년 10월 14일

한편 東美書市·滙東書舘·廣益書舘에서 대정 7년(1918년)에 공
동 간행한 『일디장관』에 합철되어 있는 <지미 잇는 이약이> 소재
33화 또한 <대한매일신보>에 실려 있는 <笑話>(우슴거리)의 단순
전재에 지나지 않는 것으로 확인되었다. 위와 마찬가지로 <표>로
간추려 제시한다(구체적인 내용은 뒤에 따로 붙인 참고자료 (3)을 참조하라).

화수	지미 잇는 이약이	대한매일신보 〈笑話〉(우슴거리)	지은이
1		1912년 7월 24일	金聲子
2		1912년 8월 22일	金東燮
3		위와 같음	위와 같음
4		1912년 11월 2일	金奭培
5		1912년 8월 20일	姜斗熙
6		위와 같음	위와 같음
7		1912년 3월 12일	白樂允
8		위와 같음	위와 같음
9		1912년 3월 13일	無名氏
10		위와 같음	위와 같음
11		1912년 3월 14일	無名氏
12		1912년 3월 10일	無名氏
13		1912년 3월 3일	孫定龍
14		1912년 8월 13일	李養薰
15		위와 같음	위와 같음
16		1912년 8월 21일	金東熙
17		위와 같음	위와 같음
18		1912년 7월 20일	李玉貞
19		1912년 5월 17일	李玉貞
20		위와 같음	위와 같음
21		1912년 5월 11일	金聲子
22		위와 같음	위와 같음
23		1912년 4월 2일	咸熙晶
24		위와 같음	위와 같음
25		1912년 4월 14일	유전등(??)
26		위와 같음	위와 같음

27		1912년 4월 10일	李基豊(?)
28		위와 같음	위와 같음
29		1912년 7월 4일	利川私立長英學校
30		1913년 3월 13일	
31		위와 같음	
32		1912년 9월 25일	金龍寺
33		위와 같음	위와 같음

위의 표에서 보이는 지은이의 출현 빈도를 고려하여, 그것을 정리하면 다음과 같다. 곧 金聲子, 李玉貞란 인물은 각기 3화를. 힌편 金東變, 姜斗熙, 白樂允, 無名氏, 李養薰, 金東熙, 咸熙晶, 유전등(?), 李基豊(?), 金龍寺 등의 인물들은 각기 2화를 지어 투고, 선정되었음을 확인할 수 있다. 그럼에도, 이들의 존재는 『지미 잇는 이약이』에서는 전혀 출현하지 않고 있다. 곧 그들의 저작권(?)은 박탈당한 것에 다름 아니라고 하겠다. 당시까지 저작권법에 대한 인식이 박약했음을 보여주는 또 다른 증좌라 하겠다.

비록 위에서 거칠게 살펴보았지만, 일제 치하 재담집에 끼친 <대한매일신보>의 영향력은 우리가 미처 생각할 수 없을 만큼 매우 크고도 심대했다는 사실이 새롭게 확인되었다. 이런 점에서 볼 때, 일제 치하 재담집의 원천은 상당 부분 <대한매일신보>로부터의 전재·수용일 가능성이 높다고 하겠다. 아직 그 원천을 밝히지 못한 『笑天笑地』·『絕倒百話』 소재 남은 이야기들의 원천에 대한 계속적인 탐색이 요청된다. 향후 과제로 미루어 두기로 한다.

5. 맺는말

본 논문의 궁극적 의도는, 재담집에 대한 선행 연구에서 미처 주의 깊게 살피지 못했거나, 잘못된 주장인 것으로 여겨지는 몇몇 문제들에 대한 수정과 아울러 이들 재담집들이 과연 어떠한 경로를 통하여 형성되었는가에 대한 문제 등을 살펴보는 데에 있었다. 특히 일제 치하에 간행된 몇 종의 재담집에 끼친 <대한매일신보>의 존재 양상은 본고에서 새롭게 밝혀낸 성과라고 할 수 있다.

검토 결과, 최초의 재담집으로 그간 막연히 이야기되어 왔던『우순소리』는 몇몇 증거로부터 그것이 결코 재담집이 아니라는 사실이, 곧 풍자소설적 성격을 지닌 작품이라는 점이 새롭게 밝혀졌다. 한편 현재까지의 검토 범위 내에서 볼 때, 『요지경』은 우리 재담 자료집 가운데 가장 이른 시기에 출현한 것으로 확인되며, 나아가 이 자료집이 후대의 몇몇 재담집들에 끼친 영향 또한 상당함을 알 수 있었다.

한편 <대한매일신보> 소재 일련의 <笑話>(우슴거리)와 <利於藥>이 일제 치하에 간행된 몇 종의 재담집(단행본)에 많은 영향을 끼친 한 원천으로 작용하고 있음 또한 새롭게 확인할 수 있었다.

그럼에도 본 논의에서는 각 재담집의 성격, 그 위상 등에 대한 본격적인 접근, 나아가 이들 자료집들이 후대의 재담집과 어떠한 관련 양상을 갖고 있는지 등에 대해서는 미처 구체적으로 다루지 못했다. 이에 대한 구체적인 논의는 향후 계속될 후속 작업으로 미루어 두기로 한다.

(『국어국문학』제149집, 2008. 9)

참고문헌

<매일신보>, 경인문화사, 1985, 전85책,

<신한국보> 융희 4년(1910)년 4월 5일, 4월 12일, 4월 19일, 4월 26일의 광고
        기사와 5월 10일, 5월 17일의 기사 참조.

『笑天笑地』(고려대도서관, 동국대도서관 소장)

『요지경』(국립중앙도서관 소장)

『팔도재담집』(한국학중앙연구원 소장)

『開卷嬉嬉』(연세대도서관 소장)

『絶倒百話』(연세대도서관 소장)

『일더장관』(국립중앙도서관 소장)

『花世界·金紫洞』(국립중앙도서관 소장)

김영민 외, 『근대계몽기 단형 서사문학 자료전집』(상·하), 소명출판, 2003.12.

김영민, 『한국 근대소설의 형성과정』, 소명출판, 2005, 11.

김영민, 『한국의 근대신문과 근대소설』 1, 대한매일신보, 소명출판, 2006.08.

김준형, 『한국패설문학연구』, 보고사, 2004.

서대석, 『한국구비문학에 수용된 재담 연구』, 서울대 출판부, 2004.

서대석 외, 『전통 구비문학과 근대 공연예술』Ⅰ·Ⅱ·Ⅲ, 서울대 출판부, 2006.

서대석, 『한·중 소화의 비교』, 서울대 출판부, 2007.

조동일, 『한국문학 이해의 길잡이』, 집문당, 1996.

황인덕, 『한국기록소화사론』, 태학사, 1999.

김정연, "1910년~1920년대 소화집 연구", 덕성여대 대학원 석사논문, 2003.08.

김준형, "조선조 稗說文學 연구 -골계류를 중심으로 -", 고려대 대학원 박사
        논문, 2003.06.

김효연, "『仰天大笑』 연구", 서강대 교대원 석사논문, 2006.08.

이홍우, "일제 강점기 재담집 연구", 서울대 대학원 석사논문, 2006.02.

김준형, 「근대 전환기 패설의 존재양상-1910~1920년대 패설집을 중심으로-」,
        『한국문학논총』 41집, 한국문학회, 2005, 289~329쪽.

김준형, 「근대 패설의 흐름과 이명선의 이야기」, 『대동한문학』 24집, 대동한
　　　문학회, 2006, 109~142쪽.
이홍우, 「문헌자료 『팔도재담집』 원문과 해제」, 『웃음문화』 창간호, 한국웃
　　　음문화학회, 2006, 269~336쪽.
三枝壽勝, 「笑話集과 話藝-한국문학 이해를 위한 시론-」, 『국어국문학』 136
　　　호, 국어국문학회, 2004, 67~102쪽.

윤치호 『우순소리(笑話)』의 성격과 의의

허경진 · 임미정

1. 머리말

윤치호(尹致浩)의 『우순소리(笑話)』[1](이하『우순소리』)는 1909년 일제가 제정한 내부고시 제27호에 의해 '치안과 풍속을 해친다'는 이유로 금서(禁書) 처분을 받았다. 이때 안국선(安國善)의 『금수회의록』, 현채(玄采)의 『월남망국사』 등이 함께 금서로 지정되었다.[2] 이후 『우순소리』를 제외한 대부분의 책은 발굴되어 구체적인 내용이 학계에 소개되었으나 이 책은 여전히 제명(題名)만 확인될 뿐 실본(實本)을 찾을 수 없다.[3]

이러한 이유로 이 책의 성격을 두고 여러 추정만이 있어왔다. 가장 먼저 이 책의 부제(副題)가 '笑話'라는 점에 주목하여, 이 책을 우리나라 재담집의 연원(淵源)으로 상정한 견해가 나왔다.[4] 이후 김태준과

---

1) 총독부 관련 기록에는 『우순소리(笑話)』, <신한국보> 기사와 광고에는 『우슨소리』, 『우스운소리쇼설』로 표기되었다. 이중 총독부 기록이 가장 앞서기 때문에 『우순소리(笑話)』란 제명을 사용하기로 한다.
2) 이 책 이외에 『20세기 조선론』, 『유년필독』, 『중등교과 동국사략』 등이 금서 조치를 받았다. 자세한 내용은 『日政下의 禁書 33卷』, 『신동아』 1977년 1월호 별책부록, 동아일보사, 1977 참조.
3) 윤치호의 일기를 검토해 보아도 『우순소리』의 단서는 찾을 수가 없다. 이 책이 간행될 무렵의 일기는 일제가 모두 압수처분했기 때문이다. 이외 회고록이나 인터뷰에서도 이에 대한 언급은 찾아보기 어렵다.
4) 조동일, 「1910년대 재담집의 내용과 성격」, 『배달말』 9, 배달말학회, 1984; 황인덕, 『한국기록소화사론』, 태학사, 1999.

임화의 증언을 토대로 『우순소리』를 『이솝우화』의 번역본으로 전제
하고, 이 책의 간행으로 인해 근대계몽기 우언(寓言)의 형식과 내용
변화에 큰 영향을 미쳤다는 연구도 제출되었다.[5] 최근에는 이 책이
금서로 지정된 사실과 광고 기사를 검토한 결과 '재담집'이 아니라,
'비유소설(풍자소설)'로 보는 것이 타당할 것이라는 견해까지 나왔
다.[6] 이처럼 실본을 확인할 수 없는 상황에서 이 책의 성격과 위치를
구명(究明)하려는 노력들은 『우순소리』가 우리 근대계몽기 문학사와
이야기 문학사에서 상당히 중요한 위치를 차지하고 있으며 문제적인
작품임을 보여준다. 따라서 이 책을 발굴하고 내용을 검토하는 작업
은 시급한 과제이다.

공식적으로 확인된 『우순소리』의 간행은 모두 두 차례 이루어졌
다. 1차는 1908년 7월 30일 대한서림(大韓書林)에서, 2차는 1910년 5
월 10일 미국 하와이 신한국보사(新韓國報社)에서 발행되었다. 그러
나 현재까지 두 책의 행방은 국내외를 통틀어 확인할 수가 없다. 필
자는 국내의 주요 도서관과 미국 하와이대학에서 여러 차례 『우순소
리』 확인 작업을 해보았지만 행방을 알 수가 없었다. 그러던 중에
김을한(金乙漢)이 집필한 『좌옹 윤치호전』에서 그가 밝힌 바 '대한서
림에서 간행된 『우순소리』를 대상으로 원본을 훼손하지 않는 범위
내에서 현대역을 하고 전재(轉載)해 둔 것'을 찾을 수 있었다.[7]

---

5) 윤승준, 『동물우언의 전통과 우화소설』, 월인, 1999; 양승민, 「애국계몽기 우언의
　 존재양상과 그 역사적 의의」, 『우언의 서사문법과 담론양상』, 학고방, 2008.
6) 정명기, 「일제 치하 재담집에 대한 재검토」, 『한국 재담자료 집성1』, 보고사, 2008.
7) 김을한, 『좌옹 윤치호전』, 을유문화사, 1978, 213~247쪽 참조.

김을한은 조선일보 기자를 역임한 언론인으로, 평소 윤치호와 친분이 두터웠다. 그가 이 책을 집필하면서 참고한 자료의 대부분은 윤치호의 후손들에게 직접 건네받은 것이다. 이를 고려할 때, 이 책에 실린 자료의 대부분은 그만큼 신빙성이 있고 사료적 가치가 높다.[8] 따라서 김을한이 옮겨놓은 『우순소리』는 현재 이 책의 원본을 확인할 수 없는 상황에서 『우순소리』의 실체를 보여주는 가장 중요한 자료이다.

이 글에서는 『좌옹 윤치호전』 내의 『우순소리』를 대상으로, 그동안 밝히지 못했던 이 책의 구체적인 성격과 내용, 그리고 저술배경과 의의 등을 차례로 검토하도록 한다.

2. 『우순소리』의 성격과 내용

『우순소리』는 선행 연구에서 추정한 소화(笑話)나 재담(才談)이 아니라, 『이솝우화』를 활용하여 인간이 기본적으로 갖출 품성, 민족의 자강, 외세 침략에 대한 경계, 집권 세력의 무능과 부패 등의 문제를 다루고 있다.[9] 『우순소리』에는 총 71편의 이야기가 <제목-이야기-

---

8) 『좌옹 윤치호전』의 서문은 백낙준이 썼는데, 여기에서도 두 사람의 친밀한 관계를 재차 언급하고 있다. 또한 『찬미가』도 『우순소리』와 동일한 방식으로 현대역을 하여 소개해 놓았는데, 원전(原典) 『찬미가』와 비교해볼 때 큰 차이가 없다. 따라서 이 책에 실린 『우순소리』는 원본에 가까운 것이라고 할 수 있다.

9) 김태준과 임화는 이 책을 『이솝우화』의 번역본이라고만 언급했는데, 이는 실상과 차이가 있다. 김태준과 임화의 언급은 김태준 저·박희병 교주, 『증보 조선소설사』, 한길사, 1990, 224쪽; 임화 저·임규찬·한진일 편, 『임화 신문학사』, 한길사, 1993,

(윤치호의 논평)[10]>의 형식으로 실려 있다.

이 책의 성격을 보다 구체적으로 파악하려면 『이솝우화』와의 비교가 필수적이다. 문제는 『이솝우화』가 세계 각국으로 전해지고 번역되는 과정에서 많은 개작이 이루어졌고,[11] 출처가 다른 우화들이 섞여 다양한 판본들이 존재한다는 점이다. 이로 인해 기준본을 정하기가 어렵다. 따라서 비교를 위해서는 여러 판본과 비교해볼 필요가 있다.

현존하는 『이솝우화』 중에서 선본(先本)은 그리스본이고,[12] 이를 다시 번역한 선본(善本)은 스페인 엘 에스꼬리알 도서관본이다.[13] 그리고 학계에서 가장 권위를 지닌 본은 에밀샹브리가 산정한 『이솝우화』이다.[14] 이 책들을 두루 참조하여 『우순소리』와 비교해보면,

  (1) 『이솝우화』에 실린 이야기의 대부분을 그대로 축약하거나 번안한 경우
  (2) 『이솝우화』에 원 내용을 크게 변형했거나 새로운 이야기를 삽입한 경우

148쪽 참조.

10) 윤치호의 논평이 모든 이야기에 있는 것은 아니다. 이 내용은 <부록>에 정리해 두었다.

11) 이 문제에 대해서는 권미선 옮김, 『정본 이솝우화』, 창비, 2009, 10쪽; 송경원 옮김, 『새롭게 재해석한 이솝우화전집』, 하늘연못, 2008, 390쪽 참조.

12) 이를 번역한 것은 천병희 옮김, 『이솝우화』, 단국대출판부, 2003.

13) 이를 번역한 것은 권미선 옮김, 『정본 이솝우화』, 창비, 2009.

14) 이를 번역한 것은 신현철·최인자 옮김, 『(어른을 위한) 이솝우화전집』, 문학세계사, 2009; 송경원 옮김, 『새롭게 재해석한 이솝우화전집』, 하늘연못, 2008. 송경원이 옮긴 것은 타운센드본으로 이 본은 에밀샹브리와 중세영역본을 참조한 것이다.

크게 두 가지 양상으로 이 책의 성격이 드러난다. 대표적인 <예>를 제시하면서 책의 성격과 내용을 검토한다. 먼저 (1)의 범주에 속하는 이야기이다.

<예1>

(6) 「허욕 많은 개」[15]

개가 고기 한 덩이를 훔쳐 물고 다리를 건너가다가 제 그림자가 물에 비친 것을 보고 다른 개가 고깃덩이를 문 줄 알고 빼앗으려고 제 입에 물었던 고기까지 물에 빠뜨리더라.

(입에 고기 한 덩이가 물속에 있는 고기 두 덩이보다 낫다)

이 예문은 『이솝우화』 중에서도 우리에게 잘 알려진 「고깃덩어리를 물고 가는 개」[16]라는 이야기이다. 『우순소리』에 실린 이야기를 여러 본들과 비교해 보면, 원 내용에서 크게 달라진 것 없이 단순 축약한 것임을 알 수 있다. 그러나 제목은 '허욕 많은 개'처럼 주제를 분명하게 부각시키는 방향으로 바꼈다. 그리고 윤치호가 덧붙인 논평 역시 우리가 흔히 이 글의 주제로 익히 알고 있는 '욕심의 경계'라는 단순 명료한 글귀보다는, 이해하기 쉬운 '속담투'의 언어로 교훈을 제시하고 있다.

---

15) 번호와 제목은 윤치호가 붙인 것이다. 이하 <예시>에서 제시한 번호와 제목은 모두 이를 따른다.

16) 천병희가 번역한 것에서 이 제목을 사용했고, 권미선은 「개와 고깃덩어리」, 송경원은 「개와 그림자」로 번역했다. 이외 대다수 번역본에서는 「개와 그림자」란 제목으로 소개했다.

<예2>

(17) 「은혜와 압제」

하루는 북풍과 태양이 누가 세력이 많은가 하고 서로 다툴 때, 한 행인이 솜두루마기를 입고 가거늘, 바람과 볕이 그 두루마기 벗기기로 내기하자 하고, 북풍은 그 힘을 다하여 부니 행인의 두루마기가 불려 떠나 갈듯 하더니 그 사람이 옷고름을 단단히 잡아매고 두 손으로 옷자락을 붙들어 바람이 더 불수록 벗길 수가 없는데, 태양이 바람을 재우고 구름을 물리치며 더운 빛을 내려 쬐매 행인이 더워서 두루마기를 벗어버리니, 북풍이 태양의 권력에 탄복하더라. (인심을 얻는 데는 은혜의 더운 기운이 압제의 찬바람보다 낫다.)

「북풍과 해」

북풍과 해가 서로 제가 더 힘세다고 다투었습니다. 그들은 둘 중에서 누구든지 길 가는 사람의 옷을 벗기는 쪽이 이긴 것으로 하기로 결정했습니다. 먼저 북풍이 세차게 불어대기 시작했습니다. 사람이 옷을 졸라매자 북풍은 더욱 세차게 공격했습니다. 추위가 기승을 부리자 사람은 옷을 껴입었습니다. 그러자 북풍이 지쳐서 사람을 해에게 맡겼습니다. 해는 먼저 알맞게 비추었습니다. 사람은 껴입은 옷을 벗었습니다. 해가 더 따가운 햇살을 쏘자 사람은 더위를 견디다 못해 마침내 옷을 벗고 근처의 강에 멱 감으러 갔습니다.[17)]

윤치호가 「은혜와 압제」라는 제목을 붙인 이 예문은 널리 알려진 북풍과 해의 힘겨루기 이야기이다. 내용만을 비교하면 『이솝우화』를 거의 그대로 번역한 양상이다. 다만 <예1>처럼 이야기의 주인공을

---

17) 천병희, 앞의 책, 55쪽.

제목으로 내세운 『이솝우화』와는 달리, 주제를 제목으로 끌어내었
다. 또 '두루마기'와 '옷고름'이란 단어를 사용하여 우리나라 실정에
부합하도록 고쳤음을 확인할 수 있다. 사실 이 예문에서 주의 깊게
살필 점은 윤치호의 논평이다. 그는 『이솝우화』를 그대로 번역하는
방식을 택하더라도, 해석하는 시각은 조금씩 달리하였다. 흔히 이 이
야기는 '강요보다는 설득이 효과적이다'라는 교훈으로 받아들여지고
있다.[18] 그러나 윤치호는 "인심을 얻는 데는 은혜의 더운 기운이 압
제의 찬바람보다 낫다"라고 하여 그가 처한 현실에서 보다 타당하고
설득력 있는 교훈을 펼치고 있는 것이다. 『이솝우화』를 저본으로 선
택했지만, 당대의 상황과 독자를 고려하여 취사선택을 한 그의 저작
의식에 주목할 필요가 있다.

　<예1·2> 유형에 해당하는 이야기가 『우순소리』의 대부분을 차
지한다. 그런데 『이솝우화』는 서양의 이야기이기 때문에, 당시 국내
독자에게 서양 신(神)의 이름을 비롯하여 낯선 지명(地名), 동·식물
명(動植物名), 추상어(抽象語)가 등장한다. 『우순소리』는 이러한 경우,
독자를 고려하여 명사를 교체하거나 이야기를 조금씩 변형시켰다.
<예3>이 이를 잘 보여주는 대표적인 예이다.

　<예3>
　(31) 「운수」
　　하루는 어린아이가 장난하다가 곤하여 우물두덩에 드러누워 자더
　니, 운수가 지나가다가 보고 그 아이를 깨워 말하기를,

_____

18) 천병희, 위의 책, 55쪽.

"네 덕으로 살기는 살았다마는, 만일 우물에 빠졌다면 세상 사람
들이 네 철없는 것은 말하지 않고 내 탓만 하였을 것이니 억울하지
않느냐"
고 하더라.

「나그네와 우연의 여신」
긴 여행에 지친 한 남자가 우물 옆에 누워 잠이 들었다. 그가 우물
에 막 빠질 뻔했을 때, 우연의 여신이 나타나서 그를 깨우며 말했다.
"이보게, 나그네 친구! 그렇게 자다가는 우물에 빠지기라도 하면
자네는 아마 자신의 어리석음을 탓하기 보다는 나를 원망하겠지![19]
(밑줄: 필자)

『우순소리』에 실린 「운수」의 원형(原型)은 아래 제시한 「나그네와
우연의 여신」이다. 두 이야기를 비교해보면 주인공이 어린아이로 바
뀌었고, 우연의 여신(Tyché)을 '운수'로 바꾸었다. 이렇게 단어를 변
형한 이유는 '우연의 여신' 때문이다. 우연의 여신은 그리스 신화에
등장하는 신이다. 그리스 신화를 아는 사람이라면 이 신의 존재와
역할을 잘 알고 있겠지만, 모르는 사람에게는 모호하고 생소한 존재
이며 의미가 분명하게 전달되지 않는다. 이러한 이유로 '운수'라는
단어로 대체하였다.
이외에도 『이솝우화』에는 '제우스신'을 '부처님'·'관세음보살'·
'염라대왕' 등으로 바꾼 경우가 있고, 서양에는 익숙하지만 우리나라
에서는 낯선 희귀 동물을 "체증과 거미"로 치환(置換)한 경우가 있는

---

19) 천병희, 앞의 책, 147쪽

데, 모두 같은 맥락에서 나온 것이다.

이처럼 ⑴유형에 해당하는 이야기는 2.외양치레, 3.고양이와 원숭이, 4.사슴의 뿔, 6.허욕 많은 개, 8.조심하는 쥐, 9.개구리와 황소, 10.꾀꼬리, 11.배와 수족, 13.남의 머리, 14.사자와 사람, 15.사자와 생쥐, 16.일부양처, 17.은혜와 압제, 18.토끼와 개구리, 19.수리의 지각, 20.사자의 청혼, 21.나무꾼과 부처님, 22.흑백 분명, 23.여우와 두루미, 24.여우와 염소, 25.곰과 무심한 사람, 26.나귀의 실수, 27.질항아리와 주석항아리, 28.꼬리 없는 여우, 29.게걸음, 30.쇠 가는 줄과 뱀, 31.운수, 32.금알 낳는 거위, 33.개한테 물린 사람, 34.참나무와 나무꾼, 35.말과 사람, 36.여우와 원숭이, 37.비둘기와 개미, 38.생쥐와 방울, 39.어리석은 하인, 40.외양간의 개, 41.차부와 부처, 42.땅속에 있는 재물, 43.시기와 욕심, 44.새매와 농부, 45.제비의 충고, 46.종달새의 지각, 47.여우와 신포도, 49.나귀의 지각, 50.토끼와 자라, 52.개미와 메뚜기, 53.촌사람과 변덕, 54.농부와 운순, 55.양과 개, 56.여우와 나귀, 57.여우와 수탉, 58.점장이, 59.혓바닥 잔치, 60.박쥐, 61.농부와 법학사, 62.이솝의 지식, 63.체중과 거미 64.생쥐와 고양이, 65.장사와 시비, 66.이솝과 바닷물, 68.말의 성명, 69.노인과 당나귀까지, 총 62편의 이야기가 『이솝우화』에 실린 이야기를 거의 그대로 번역한 것으로, 약간의 축약을 가하거나, 독자의 이해를 위해 단어를 교체한 양상을 보이는 것들이다.

⑵의 유형은 『이솝우화』와 다른 이야기를 결합해서 새로운 이야기를 만들거나 원 내용을 변형시켜 이야기의 우의성(寓意性)과 풍자성(諷刺性)을 강화시킨 경우이다.

<예4>

(1) 「굴송사」

하루는 행인 둘이 길을 가다가 해변에 굴 한 개가 있는 것을 보고
한 사람이 잡으려 하니, 동행하던 사람이 말하기를,

"여보, 가만있소. 우리 둘 중에 그 굴을 누가 먹어야 옳소?"

"아 그야, 먼저 본 사람이 먹고 그 다음 본 사람은 구경이나 하지
요."

"그럴 테면 내 눈이 꽤 밝소."

"댁은 보기만 하였지요, 나는 만져 까지 보았으니 어찌하려오?"

서로 다투고 있을 때에 어떤 양반 한 분이 지나가니, 행인 둘이
굴 송사를 판결하기를 청하니, 그 양반이 그 굴을 쪼개서 속은 제가
삼켜버리고 껍질은 한 쪽씩 둘에게 나누어주면서 말하기를,

"너희 소위는 송사부비를 물게 할 것이나 십분 용서하여 굴 껍질
하나씩 주는 것이니, 아무 말도 말고 가라."하더라. (사과하여 반 얻
는 것이 송사하여 다 잃은 것보다 낫다.)

예문은 현전하는 『이솝우화』에는 없는 이야기로 『우순소리』에만
보인다. 내용을 보면 『전국책(戰國策)』에 등장하는 「어부지리(漁父之
利)」와 비슷하다. 어부지리는 조개와 황새가 힘을 겨루다가 지나가던
어부에게 둘 다 잡히는 내용인데, 이 책에서는 사람을 등장시켜 송사
(訟事)의 폐단을 지적하는 이야기로 바뀌었다. 윤치호가 『이솝우화』
만을 대상으로 『우순소리』를 만든 것이 아니라, 비슷한 교훈을 전달
할 수 있는 중국의 우언(寓言)을 토대로도 새로운 이야기를 창작하였
음을 확인할 수 있다.

<예5>

(12)「보호국」

　새매가 며칠을 비둘기장 근처로 돌아다녀도 비둘기가 하나도 나오지 않기에 새매가 웃는 얼굴로 장 앞에 와서 비둘기를 보고 꾀는 말이,

　"나도 날개와 털이 있고 그대들도 날개와 털이 있으니 우리 조상은 필경 한 조상이요, 우리는 같은 종류로 가위 동포 형제라. 오늘 본즉 삵이 이 근처로 돌아다니니 그놈의 흉계가 무서운지라. 그대들은 천성이 온순하여 잘못하면 남의 압제를 당하니, 나와 보호약조를 정하면 내가 그대들을 보호하여 그대의 종가도 존엄히게 하고 그대의 집도 보전하여 여러 금수세계에 그대의 독립과 부강을 태산같이 굳게 할 터이니 어떠하뇨?"

하고 좋은 쌀가루를 선물하니, 비둘기들이 기뻐하여 새매를 장 속에 맞아들여 보호대감을 삼았더니, 그 이튿날부터 새매가 비둘기의 독립과 안녕을 유지한다 하고 비둘기를 한 마리씩 잡아먹고 다 먹은 후에는 그 장까지 차지하더라.(밑줄: 필자)

　(제가 제 보호 못하고 남의 보호를 어찌 믿으리오?)

　예문은 매가 동포형제라는 구실로 비둘기를 유혹하여 보호약조를 맺은 뒤, 비둘기를 보호하는 보호대감 자리에 오르고, 그들을 보호한다는 명분으로 새장 속에 들어가 결국에는 비둘기 모두를 잡아먹는다는 내용이다. 원래 『이솝우화』 이야기는 단순히 매가 비둘기를 현혹하여 잡아먹는 것인데, 『우순소리』에서는 매의 구체적인 발화가 등장하여 비둘기를 설득하고 그 결과 비둘기 모두를 잡아먹고 삶의 터전까지 빼앗는다는 내용이 구체적으로 제시되었다.

<예5>는 결국 대한제국(大韓帝國) 말기의 상황을 우의적(寓意的)으로 형상화한 것이다. 1900년대 서양 각국과 주변국은 우리나라를 보호한다는 명분 아래 수교를 맺었지만, 결국에는 각종 이권(利權)을 챙겼으며 주권을 앗아가려고 하였다. 작품에 등장하는 매는 곧 강대국을 상징하며, 비둘기는 우리나라 백성, 보금자리는 우리나라이다. 윤치호는 그 당시의 현실에서 무엇보다도 '자강(自强)'이 중요하다는 결론을 내놓았다.

예문을 통해 읽을 수 있듯이 (2) 유형에 해당하는 이야기들은 당대를 풍자하기 위한 목적에서 『이솝우화』의 이야기를 토대로 새로운 이야기를 만들어낸 것이다. 이러한 유형은 『우순소리』 내에서 1.굴송사, 5.강약부동, 7.강한 놈의 경계, 12.보호국, 48.양과 늑대의 평화조약, 51.여우와 평화담판, 67.사자의 흉계, 70.황새와 붕어, 71.짐승의 재판까지 모두 9편이 된다.

이상 『우순소리』를 『이솝우화』와 대조해 보면서 그 성격과 내용을 살펴보았다. 이 책은 『이솝우화』를 저본으로 하고 있지만 단순한 『이솝우화』의 번역본이 아니다. 자신의 의도와 목적에 따라 원래의 이야기를 적절히 변형시키며 우의성(寓意性)과 풍자성(諷刺性)을 강화시킨 『이솝우화』의 '재창작물(Rewriting)'이자, 당대를 우의적으로 비판한 '풍자우화집'이라고 할 수 있다.

3. 『우순소리』에 형상화된 풍자의 대상

『이솝우화』가 다루고 있는 맥락과 교훈은 매우 다양하고 풍부하다.[20] 주로 동물의 이야기를 하는 듯하나, 사실은 우리의 일상 주변에서 일어나는 모든 일을 빗대어 풍자하고 있다. 『이솝우화』를 바탕으로 만들어진 『우순소리』 또한 이 책이 만들어진 당시의 상황과 이를 우회적으로 비판하려는 윤치호의 의식이 고스란히 드러난다.

1908년 윤치호의 『우순소리』가 간행되기 이전, 이미 조선은 1905년 일본과 제2차 한일협약(韓日協約)을 체결하였다. 이 조약의 체결로 명목상으로는 일본의 보호국이었지만 사실상 일본제국의 식민지가 되었다고 할 수 있다. 『우순소리』의 이야기들은 이러한 시대적 상황에서 씌어졌기에, 외세 침탈로 예견되는 문제들, 이러한 현실 앞에서 아무런 힘을 쓰지 못하는 무능력한 정부, 사리사욕에만 힘을 쓰는 정부의 대신들, 그리고 이러한 현실을 자각하지 못하는 백성까지 모두를 비판하고 있다.

일제의 한일협약을 비롯한 서양 각국과의 조약을 풍자한 작품은 앞서 살펴본 12.「보호국」이외에 27.「질항아리와 주석항아리」, 48.「양과 늑대의 평화조약」, 51.「여우와 평화담판」, 70.「황새와 붕어」를 통해서 잘 드러난다.

　　<예6>
　　(48) 「양과 늑대의 평화조약」
　　　늑대가 양을 잡아먹으려 하나 수직하는 개가 무서워 마음대로 못하

---

20) 이솝, 유종호 옮김, 『이솝우화집』, 민음사, 2003, 239~240쪽 참조.

더니, 한번은 늑대가 특명 전권공사를 보내어 양들을 꾀어 말하기를,

"우리가 본래 형제 같은 처지에 이와 입술과 같이 서로 의지할 터인데 간흉한 개들이 반간하여 원수가 되었으니, 지금 이후로는 평화조약을 정하여 영원히 안녕을 보호하고 독립부강을 도모하되 볼모가없으면 믿기가 어려우니, 그대네 들은 개를 볼모로 잡히고 우리는 새끼들을 볼모로 잡히어 피차의 의심 없음을 표하자."

하거늘, 양들이 대회하여 외부대신 훈일 등을 보빙대사로 정하여 늑대 굴에 가서 평화조약을 맺은 후에 각기 볼모를 교환하였더니, 늑대가 개는 죽여 버리고 양더러 말하길,

"우리 새끼들의 우는 소리를 들은즉, 필경 너희가 학대함이니 약조를 배반하였다."

하고 양을 다 잡아먹더라.

<예6>은 늑대가 양을 잡아먹으려 했지만 집을 지키는 사냥개 때문에 기회를 얻지 못하다가 결국 양들을 꾀어 목적을 달성한다는 이야기이다. 늑대는 사실상 일본을, 사냥개는 러시아를, 양은 조선을 상징한다. 그리고 한일협약의 과정을 '전권공사', '외부대신', '평화조약' '약조의 배반' 등으로 우회적으로 표현했다. 이야기의 결론은 결국 나라를 빼앗기는 것으로 예견하며 마무리 되었다.

이와 비슷한 내용을 다룬 「황새와 붕어」는 황새가 "저 산 밑에 내가 여름이면 피서하려고 만들어 둔 연못이 있으니, 붕어국 팔백만 동포를 내 입으로 하나씩 모셔다가 그 연못에 놓고 여러분의 평안함을 보호하여 드리리다."라고 하여 붕어들에게 은혜를 베푸는 척 안심시키고는 결국에는 얕은 물에 넣어두고 하나씩 잡아먹는다는 이야기이다. 강자는 약자에 대한 '보호'를 명목으로 약자를 회유한 뒤, 결

국은 자신의 의도대로 잡아먹는다. 윤치호는 우리나라가 약자임을
잘 알고 있었다. 따라서 이러한 이야기를 통해 우리의 현 상황을 '직
시'할 것을 요청하고 있는 것이다. 그러나 그는 절망적인 상황에서도
나름대로의 해결책을 모색하고 있었다. 관련 내용은 「질항아리와 주
석항아리」에서 읽을 수 있다.

　<예7>
　(27) 「질항아리와 주석항아리」
　　한 번은 장마에 강물이 창일하여 질항아리와 주석항아리가 떠내
려갈 때에 주석항아리가 질항아리를 보고,
　　"여보, 노형과 내가 동병상련이니 우리 같이 갑시다."
　　질항아리가 대답하되,
　　"말씀은 고맙소마는 노형과 내 성품이 달라 서로 마주치면 내가
결딴이니 따로 놉시다."
　　하더라. (조선 사람이 강한 나라 사람하고 동사하려면 이 질항아리
말을 생각하다.)

　이 이야기는 결국 한일협약에 따른 해결책이라고 할 수 있다. 약한
나라인 조선이 강한 나라인 일본과 함께 사는 것을 택하기 보다는
질항아리가 제안한 바, "노형과 내 성품이 달라 서로 마주치면 내가
결딴이니 따로 놉시다."라고 하여 독자적인 행보를 하는 것이 낫다
는 대안을 제시하였다.
　결국 외세 침략이라는 문제의 근본적인 원인은 당대의 무능력한
정부와 관료들로부터 비롯된 것이다. 이들에 대한 풍자 또한 『우순
소리』에서 찾을 수 있다.

<예8>

(2) 「외양치레」

하루는 여우가 길 가다가 한 곳에 이르니, 사람이 많이 모여 화반석으로 만든 인형을 보고 칭찬하고 있을 때 여우가 한참 보다가 돌아서 가며 하는 말이,

"외모는 좋다마는 속이 없어 걱정이다."

(당세 부귀 대신들을 보면 이 여우가 무어라고 할지.)

<예9>

(3) 「고양이와 원숭이」

고양이와 원숭이가 한 집에서 정답게 사는데, 둘의 장난이 심하여 원숭이는 보는 것마다 훔치고, 고양이는 쥐 잡는 데는 마음이 없고 찬장에만 드나들더니, 하루는 화로에 밤 구운 것을 보고 원숭이가 고양이를 불러 말하기를,

"형님, 저 군밤을 꺼냈으면 우리 둘이 잘 먹겠소마는, 내 손은 형님처럼 길지가 못하니 형님이 꺼내시오."

그 말을 듣고 고양이가 화로의 재를 헤치면서 밤을 하나씩 꺼내 놓는 대로 원숭이는 까서 먹더니 주인이 들어와, 고양이는 발만 데고 밤은 맛도 못보고 도망치더라.

(외인(外人)의 앞잡이로 매국하는 사람들 생각 좀 하시오.)

예문에서 주목할 부분은 윤치호의 논평이다. 이야기가 던지고 있는 메시지는 독자에 따라 다양하게 해석될 수 있다. 윤치호는 이 이야기에서 자신이 무엇을 읽으려했으며 독자에게 어떤 메시지를 남기려 했는지를 규정하여 제시하였다. 그는 당시 개인의 영달과 이익만을 중시하여 나라를 궁지에 빠뜨렸던 관료들을 비판하였다. 윤치호

는 1905년 제2차 한일협약이 체결되자 바로 관직에서 물러났고 계몽
운동에 매진하였다. 자신의 신념과 행보에 반대되는 매국노와 고위
관료들은 그의 표적이 될 수밖에 없었다.

<예10>
(19) 「수리의 지각」
　　젊은 수리가 병이 들어 죽게 된지라, 그 어미더러 청하되,
　　"어머니, 인제는 할 수 없으니, 명산대천과 절간에 기도나 좀 하시
면 내 병이 나을는지요."
　　어미 수리가 대답하기를,
　　"어느 명산대천과 절간에 가서 너나 내가 도적질 아니 한 데가 있
으면 모르되, 그렇지 않으면 우리 기도를 누가 듣겠니?"
하더라.
　　(임금을 속이고 백성을 학대하여 나라를 망하여 놓고, 불공과 산천
기도로 나라 잘 되기를 비는 사람들은 이 수리의 지각만 못 하도다.)

이 예문이 전달하고자 하는 교훈은 이야기 속에 명확하게 제시되
어 있다. 병에 걸린 젊은 수리가 나을 방도가 없으니 기도를 하겠다
는 것인데, 그 어미의 대답이 이 글의 주제가 된다. 늘 도적질을 하고
살았던 우리의 기도를 누가 들어 주겠느냐는 것이다. 평소의 행실이
올바르지 않은데 뒤늦게 후회하고 기도한들 도리가 없다는 교훈을
보여주고 있다. 윤치호는 <예10>을 통해 당대 임금을 속이고 백성
을 도탄에 빠뜨리고 나라를 망하게 한 대신들을 꾸짖고 있다. 대신들
이 자신의 행동은 깨닫지 못하고서 나라 잘 되는 기도를 하는 것은
수리보다 못한 지각에서 나온 것이라 지적하였다. 수리의 교훈은 규

범에 어긋한 행동을 꾸짖을 때에 두루 사용될 수 있지만, 당대의 현실과 관료들을 풍자한 윤치호의 논평은 그가 우화를 통해 목적하는 바가 무엇인지를 알 수 있게 한다.

　　<예11>
　　(32)「금알 낳는 거위」
　　　한 사람이 거위 한 마리를 두었더니 매일 횡금알 한 개씩을 낳는지라. 탐심이 발동하여 거위 뱃속에 있는 금알을 한꺼번에 다 가질 욕심으로 거위를 잡아 배를 가르고 보니, 아무 것도 없어 금알도 잃고 거위도 없어지더라.
　　　(백성을 죽여 가며 재산을 한 번에 빼앗다가 필경 재물과 백성과 나라를 다 잃어버린 사람들도 적지 않다.)

　　이 예문은 황금알을 낳는 거위를 등장시켜 욕심에 대한 경계를 보여주는 이야기이다. 윤치호는 이 '욕심'을 위의 예문과 마찬가지로 백성을 힘들게 하고 재산을 빼앗고 나라를 판 관료들에 빗대고 있다. 욕심이 결국 모든 것을 잃게 한다는 이 이야기를 통해 소수의 관료가 나라 전체를 망하게 한 현실을 지적하고 있는 것이다. 백성들을 학대하고 외인(外人)의 앞잡이로만 전락하여 나라를 망친 장본인인 대신들을 비판하고, 이렇게 된다면 백성과 나라 모두를 잃어 결국에는 자신도 망할 것이라는 경계를 설정하고 있다.
　　『이솝우화』를 바탕으로 약간 이야기를 달리하거나, 또는 논평부분에서 적극적으로 자신의 생각을 부각시킨 윤치호의 『우순소리』는 일제를 비롯한 서양 각국에 대한 거부감, 당대 지배계층에 대한 신랄한 풍자와 비판이 고스란히 담겨있다. 단순히 이솝우화를 그대로 번역한 책이라면 이 책은 금서조치를 받을 이유가 없다. 분명한 사실은 윤치호가『이솝우화』를 자신이 의도하는 바, 당대를 비판하는 도구로 이용하였기에 이 책이 일제에 의해 금서 조치를 받은 것이 확실해 보인다.

4.『우순소리』의 저술 배경과 의의

『우순소리』가 출간될 무렵, 일본과 중국에서는 이미 활빌하게『이솝우화』가 간행 유통되었다. 일본에서는 1593년에『이솝우화』가 전래된 이래, 여러 차례에 걸쳐 초록본(抄錄本)이 만들어졌다. 그러다가 1892년에는 와타나베 온[渡部溫]이 영국인 토머스 제임스가 저술한『이솝우화』를 번역하여『通俗伊蘇普物語』를 간행했다. 이후에도 다양한『이솝우화』의 번역본이 출현하는데, 이 과정에서 단순히 원본을 그대로 소개하는 수준에서 벗어나 일본 전래의 이야기와 결합하거나 자국의 문화를 고려한 새로운『이솝우화』가 만들어졌다.[21]

중국의 경우, 16세기 말 마테오리치를 비롯한 예수회 선교사에 의해『이솝우화』가 유입되었다. 이후『況義』,『意拾喩言』,『海國妙喻』,『伊索寓言』등의 제목으로『이솝우화』의 번역본이 여러 차례 나왔다. 중국에서도 일본과 마찬가지로 자국 내에 존재했던 우언(寓言)과『이솝우화』가 결합하여 새로운 번역본이 만들어졌다. 특히 1888년

---

21) 편무진, <해제>,『통속이솝우화』, 박이정, 2009.

출간된 『海國妙喩』는 『이솝우화』를 번역하되 백화체(白話體)로 개작
했으며, 내용 또한 연의적 성격으로 변화시켰다. 그 결과 현존하는
중국어판과 영문판 『이솝우화』에는 존재하지 않는 이야기도 있고,
책의 성격 또한 '중국의 이솝우언'이라는 평가를 받을 만큼 원래의
이야기에서 변형된 양상을 보인다.

여러 정황상 윤치호는 『이솝우화』를 자국의 실정에 맞게 해석했
던 일본과 중국의 상황을 인지했던 것으로 짐작된다. 그리고 『우순
소리』는 일본보다는 중국에서 유통되었던 『이솝우화』를 참고로 하
여 저술했을 가능성이 크다. 중국에서 간행된 번역본의 성격과 실린
이야기 편수, 사회에 미친 파장력과 금서 조치를 받은 점 등이 유사
하기 때문이다.[22]

중국의 『이솝우화』 중에서도 『海國妙喩』와 『우순소리』를 대조해
보면 비슷한 점이 많다.[23] 두 본은 이야기 편수에 있어서 전자는 70
편, 후자의 경우 71편이 실려 있다. 『海國妙喩』는 『이솝우화』의 직역
본이 아니라 『이솝우화』를 토대로 하였지만 중국의 우언(寓言)과 결
합해서 새롭게 이야기를 만든 것이다. 『우순소리』 역시 앞서 살펴본
대로 이러한 측면이 강하다. 아울러 『海國妙喩』가 간행되자 당대 청
나라 관료들은 이 책이 자신들을 우회적으로 비판한 것이라고 여겨

---

22) 『우순소리』에 실린 「59 헛바닥 잔치」, 「62 이솝의 지식」, 「66 이솝과 바닷물」은
모두 이솝이 주인공으로 나온다. 이처럼 이솝이 주인공으로 나온 경우는 유럽에서
번역한 『이솝우화』의 특징이라고 할 수 있다. 일본의 번역본 보다는 중국에서 나
온 것에서 이러한 이야기들이 다수 보인다. 이러한 사실은 이 책의 수용경로와 저
본의 출처를 밝힐 수 있는데 도움이 될 수 있을 것이다.

23) 각주 22)번과 연계하여 이 문제는 별고에서 다루기로 한다.

금서(禁書) 조치를 취했다.[24] 이 또한『우순소리』가 처한 상황과 동
일하다. 따라서 윤치호의『우순소리』는 중국에서 번역된『이솝우화』
를 전범(典範)으로 삼아 창작했을 가능성이 크다고 하겠다.[25]

　다음으로『우순소리』저술 배경으로서 국내의 상황과 당시 그의
행적을 살펴본다.

　1908년『우순소리』의 출간 시기는 그의 나이 43세 때의 일이다.
그의 생애를 조감해볼 때, 이때는 자강운동(自强運動)과 교육 사업을
활발하게 전개하던 때이다. 예컨대 1906년에는 장지연(張志淵) 등과
<대한자강회>를 조직하였고, 한영서원(韓英書院)을 설립했다. 1908
년에는 대성학교 설립과 교장 취임, 대한학회(大韓學會) 창설까지 이
루었다.[26] 그는 교육을 통해 민족의 자강을 실현하기 위하여 애썼는
데, 이때 무엇보다 필요한 것이 교육용 도서였다. 당시 학교에서 사
용했던 교육용도서(교과서)는 관제용(官制用)으로 주로 일제의 지시
와 검열 아래 일본의 식민지 교육 이념을 구현하기 위해 만든 것이
대부분이었다.[27]

---

24) 옌뤄팡,「청대 이솝우언의 한역과 유전」,『우언의 인문학적 위상과 현내직 활용』,
　　박이정, 2006; 中村忠行,「淸末の寓話:『海國妙喩』なあぐって」,『天理大學學報』
　　85, 1973.
25) 윤치호는 당대 국내에서 보기 드물게 영어, 일어, 중국어를 구사했던 인물이다.
　　따라서 특정 언어로 된 번역본을 읽었으리란 확정은 어렵다. 참고로 윤치호는 이
　　시기에 중국 선교회를 통해서 교육을 배웠고, 국내에 귀국하기 전에는 중국에서
　　교육 사업을 하고 있었다. 이러한 개인적 정황을 보더라도 중국에서 유통되었던
　　본을 보았을 가능성이 높다.
26) 김상태,『윤치호 일기: 1916~1943』, 역사비평사, 2001; 윤치호 저(송병기 역),『국
　　역 윤치호 일기(1)』, 연세대출판부, 2001; 윤치호 저(박정신 역),『국역 윤치호 일
　　기(2)』, 연세대출판부, 2003.
27) 반면 이북지역에서는 교과서를 자체 제작하여 사용했다. 자세한 내용은 강윤호,

『우순소리』가 금서 조치를 받을 때, 『월남망국사』, 『20세기 조선론』, 『유년필독』, 『중등교과 동국사략』등도 함께 금서가 되었다. 이책들이 대부분 교육용 도서(교과서)로 사용되었던 사실과 <교과서검정법>에 의해 금서가 되었다는 점에 주목한다면 『우순소리』가 이와 비슷한 맥락의 도서란 사실을 짐작해 볼 수 있다.

『이솝우화』가 교과서로 사용된 이유는 무엇보다도 이 책에 실린이야기들이 교육적인 효과가 높다는 점이다.[28] 사람 대신 동물을 등장시켜 홍미롭게 이야기를 이끌어가고, 완결된 한 편의 우화를 통해자연스레 교훈을 주는 효용은 특히 소학교 교과서로써 유용하게 이용될 수 있다. 그리고 간결한 이야기를 통해 도덕적 가르침을 주고사회적 의무를 깨닫게 하고 정치적 진실을 추구 할 수 있다[29]는 장점도 있다.

『이솝우화』의 효용에 대해서는 이미 당대 지식인 계층에서 충분히 인식했던 것으로 보인다. 1907년에 간행된 우리나라 최초의 유학생 소식지인 『대한유학생학보』에서 이미 『이솝우화』의 효용성을밝혔고, 몇 편의 이야기를 번역하여 세상에 널리 알렸다.[30] 육당 최

『開化期의 教科用 圖書』, 교육출판사, 1973 참조.

28) 泰西에 孩提를 訓誨ᄒᆞᆫ 書籍이 其規不一ᄒᆞ나, 往"이 寓物의 語를 創作ᄒᆞ야 小學校 教科書를 供ᄒᆞᆫ 者 多ᄒᆞ니, 大盖其簡易ᄒᆞ고 興趣가 有ᄒᆞ야 兒童이 易習 而不忘ᄒᆞᆷ을 取ᄒᆞᆷ이라. 「이솝스」寓語도 其一이 되ᄂᆞ니, 一部百餘題가 木石鳥獸의 話에 不過ᄒᆞᆷ이 頗히 荒誕에 涉ᄒᆞ니 隱"히 人情의 脆險과 世道의 岐曲을 道破ᄒᆞᆫ 者니, 此에 鑒ᄒᆞ고 戒ᄒᆞᆯ 者, 孩提에 不止ᄒᆞᆯ지라. (「대한유학생회학보」 1907 3. 3. 「이솝스寓語抄譯」) 이 글에서도 읽ᄒᆞᆯ 수 있듯 우언이 교과서로 이용되었음을 확인할 수 있다.

29) 송경원 옮김, 『새롭게 재해석한 이솝우화 전집』, 하늘연못, 2008, 387~389쪽.

30) 1907년 蒼蒼生, 『대한유학생학보』제1호, 1907년 3월. 「洋과 仔洋(이리와 새끼

남선 역시 『이솝우화』에 관심이 많았던 인물이다. 1908년 11월 『소
년』 창간호에 「이솝이약」이란 제목으로 이야기 세 편을 실어 젊은
독자를 대상으로 교훈적인 독서물로써의 『이솝우화』를 소개하였
다.[31] 근대계몽기라는 시점에서 『우순소리』를 비롯한 『이솝우화』의
위상은 새로운 교육용 교재로서의 역할을 충분히 감당했으리라 생
각된다.

5. 맺음말

이 글에서 밝히고자 했던 것은 그동안 알려지지 않았던 윤치호
지작 『우순소리』가 『이솝우화』를 저본으로 번역한 책이라는 사실이
다. 하지만 그 세부내용을 살폈을 때, 이 책이 단순히 이솝우화를 번
역한 것이 아니라 윤치호에 의해 '재창작(Rewriting)'된 이야기임을
확인할 수 있었다. 그가 『우순소리』를 통해 전달하고 싶었던 것은
『이솝우화』를 소개하는 것이 아니라 『이솝우화』가 원래 지니고 있는
'우화를 통한 풍자의 기능'에 기대어 일제를 비롯하여 무능한 정부나
관료를 비판하고, 민족의 자강을 강조하기 위해서였다. 또한 『우순소
리』는 교육용도서(교과서)로서의 역할까지 담당했던 것으로 짐작되

양)」, 「鼠兒의 食義(고양이 목에 방울 달기)」, 「狐와 葡萄(여우와 신포도)」가 실
렸고, 1907년 李亨雨, 『대한유학생학보』 제2호, 1907년 3월. 3편이 실림. 「貪犬의
影(욕심 많은 개)」, 「蟻와 蟋蟀(개미와 귀뚜라미)」, 「驢着獅皮(사자가죽을 쓴 당
나귀)」가 실렸다.

31) 이후 최남선은 『붉은저고리』란 아동전문잡지를 통해 본격적으로 『이솝우화』를
연재한다.

기에 근대계몽 지식인의 범주에 속했던 그의 사명과 의식이 담긴 책으로도 이해할 수 있다.

　윤치호의『우순소리』를 둘러싼 풀리지 않는 의문이 있는데, 이 부분을 언급하면서 다음 연구를 기약하고자 한다.『우순소리』가 금서(禁書) 조치를 받은 뒤로『이솝우화』를 번역하여 수록했던 신문과 잡지의 연재가 중단된 상황에 주목할 필요가 있다. 대표적인 예가 최남선의『소년』이다. 그는『소년』<창간호>에『이솝우화』를 연재하기 시작하면서, 앞으로 꾸준한 연재와『이솝우화』의 단행본인『再男伊工夫册』의 출간을 약속한 바 있다. 그러나 <2호>에서 이 약속은 지켜지지 않았다. <편집자 주>에는 연재가 중단된 구체적인 이유를 밝히지 않고 "그만 두엇스니 讀者 列位의 無言可謝 올시다"란 말만 써놓았다. 연재가 중단된 이유를 정확하게 알 수는 없지만,『우순소리』가 당시 금서 조치를 받게 된 상황과 관련이 있어 보인다. 금서 사건이 일어난 2년 후인 1911년이 되어야 송헌석의『이소보의 空前格言』(보급서관, 1911) 등이 등장한다. 이 문제는 후속연구에서 다루어져야 할 것이다. 아울러 국내에서 간행된『이솝우화』번역본 전반에 대한 연구가 필요하다.『우순소리』가『이솝우화』번역본의 자장(磁場)에 속한 이상,『이솝우화』에 대한 연구는『우순소리』의 성격과 의의를 명확하게 규정짓는 데에 있어 반드시 함께 이루어져야할 작업이다.

(『어문학』 제105집, 2009. 9)

참고문헌

강윤호,『開化期의 教科用·圖書』, 교육출판사, 1973.

권미선 옮김,『정본 이솝우화』, 창비, 2009.

권영민,『풍자 우화 그리고 계몽담론』, 서울대학교 출판부, 2008.

김상태,『윤치호 일기: 1916~1943』, 역사비평사, 2001.

김을한,『좌옹 윤치호전』, 을유문화사, 1978.

김영민,『한국 근대소설사』, 솔출판사, 1997.

_____,『한국의 근대신문과 근대소설』, 소명출판, 2006.

_____,『한국의 근대신문과 근대소설2』, 소명출판, 2008.

김태준 저·박희병 교주,『증보 조선소설사』, 한길사, 1990.

동아일보사편,『日政下의 禁書 33卷』,『신동아』 1977년 1월호 별책부록,
        1977.

송경민 옮김,『새롭게 재해석한 이솝우화전집』, 하늘연못, 2008.

양승민,『우언의 서사문법과 담론양상』, 학고방, 2008.

이솝·유종호 옮김,『이솝우화집』, 민음사, 2003.

이솝·천병희 옮김,『이솝우화』, 단국대출판부, 2003.

이중연,『책의 운명: 조선~일제강점기 금서의 사회, 사상사』, 혜안, 2001.

임화 저·임규찬·한진일 편,『임화 신문학사』, 한길사, 1993.

옌뭐팡,「청대 이솝우언의 한역과 유전」,『우언의 인문학적 위상과 현대적
        활용』, 박이정, 2006, 339~350쪽.

윤승준,『동물우언의 전통과 우화소설』, 월인, 1999.

윤치호 저(송병기 역),『국역 윤치호 일기(1)』, 연세대출판부, 2001.

윤치호 저(박정신 역),『국역 윤치호 일기(2)』, 연세대출판부, 2003.

정명기,「일제 치하 재담집에 대한 재검토」,『한국 재담자료 집성1』, 보고사,
        2008.

정선태,『개화기 신문 논설의 서사 수용 양상』, 소명출판, 1999.

조동일,「1910년대 재담집의 내용과 성격」,『배달말』 9, 배달말학회, 1984, 301
        ~302쪽.

中村忠行, 「清末の寓話: 『海國妙喩』なあぐって」, 『天理大學 學報』85, 天理
　　　大學校, 1973, 12~32쪽.
최인자·신현철 옮김, 『어른을 위한 이솝우화 전집』, 문학세계사, 2009.
편무진 옮김, 『통속이솝우화』, 박이정, 2009.
황인덕, 『한국기록소화사론』, 태학사, 1999.
홍순애, 『한국 근대문학과 알레고리』, 제이엔씨, 2009.

윤치호『우순소리』소개

이효정

1. 들어가며

윤치호(尹致昊, 1864~1946)의 『우순소리』는 이제까지 그 실체가 명확히 드러나지 않아 연구자들 사이에 여러 의견들이 엇갈려 왔다. 김태준과 임화의 언급에 따라 이른 시기부터 이솝우화의 번역일 것이라는 의견이 있었고,[1] 총독부 기록[2]이나 신문 광고 등에 나타난 부제가 '소화(笑話)'였기 때문인지 최초의 근대적 소화집이라는 견해도 있었으며[3] 때론 근대계몽기의 우언으로 거론되기도 하였지만, 이는 모두 원전을 접하지 않은 채 내린 결론이었기 때문에 의문의 여지가 있을 수밖에 없었다.

하지만 최근에는 구체적인 자료들이 제시되면서 논의가 진전되기도 하였다. 정명기는 『신한국보』에 실린 『우순소리』의 광고를 근거로 이 책이 재담집이 아니라 비유소설(혹은 풍자소설)일 가능성이 있다고 하였고,[4] 허경진·임미정은 『우순소리』의 현대어역이 실린 김

---

1) 김태준 저·박희병 교주, 『증보 조선소설사』, 한길사, 1990, 224쪽; 임화 저·임규찬·한진일 편, 『증보 조선소설사』, 한길사, 1993, 148쪽.
2) 우순소리는 1909년 일제가 제정한 내부고시 제27호에 의해 '치안과 풍속을 해친다'는 이유로 안국선(安國善)의 『금수회의록』, 현채(玄采)의 『월남망국사』등과 함께 금서(禁書) 처분을 받았다. (허경진·임미정, 「윤치호 『우순소리(笑話)』의 성격과 의의」, 『어문학』 105집, 2009, 79쪽; 자세한 내용은 『日政下의 禁書 33卷』, 『신동아』, 1977년 1월호 별책부록, 동아일보사, 1977 참조.)
3) 황인덕, 『한국기록소화시론』, 태학사, 1999, 279쪽 등.

을한(金乙漢)의 『좌옹 윤치호전』5)을 근거로 이 책이 이솝우화를 바탕
으로 한 번역본이라 하였다.6) 이는 『우순소리』의 전체 내용을 처음
으로 드러냈다는 점에서 평가할 만하지만 아쉽게도 원전과 불일치하
는 부분이 있고7) 근본적으로 2차적 자료라는 한계도 있었다.

　이러한 선행연구의 상황 속에서 필자는 다행히 『우순소리』의 원
본을 발견할 수 있었다. 『우순소리』는 현재 일본 토야마(富山)대학
부속 중앙도서관의 '조선 개화기 대중소설 원본 콜렉션(朝鮮開化期大
衆小說原本コレクション)' 중 한권으로 소장되어 있으며8) 청구기호는
929.13 C46 Ge=35이다. 활자본인 이 책의 크기는 18.7 × 13cm이고
11행 28자이며, 경성북부(京城北部) 소안동(小安洞)의 대한서림(大韓書
林)에서 1908년(隆熙 2년) 7월 30일에 순국문으로 발행되었으며 가격
은 15전이었다. 하지만 이 책은 전술한 대로 1909년 총독부에 의해
금서조치를 당하였고9) 이로 인하여 현재까지 한국에서 원본이 쉽게

---

4) 정명기, 「일제 치하 재담집에 대한 재검토」, 『국어국문학』 149, 2008, 411~416쪽.
5) 김을한, 『윤치호전』, 을유문화사, 1978, 213~247쪽.
6) 허경진·임미정, 「윤치호 『우순소리(笑話)』의 성격과 의의」, 『어문학』 105집,
　2009, 79~109쪽.
7) 예를 들면, <三 고양이와 원숭이>에서 '심부름'이 '앞잡이'로 바뀌었고 <十一 배
　와 수족>에서는 원전에 없는 논평이 달린 것 등이 그것이다.
8) 토야마 대학에 소장된 '조선 개화기 대중소설 원본콜렉션(한국)'은 구체적인 조성
　경로는 밝히고 있지 않으나, 2000년 일본 문부과학성의 대형 콜렉션 예산에 의해
　구입·조성되었으며 여기에는 1907년부터 1978년까지 간행된 조선의 노래집·고
　소설·설화·번안집·소화집·문장견본집·담화집·포교서 등 다양한 장르의 활
　자본 264권이 소장되어 있다. (和田とも美, 「<朝鮮開化期大衆小說原本コレク
　ション>について」, 『書香』 37號, 富山大學附屬圖書館, 2001, 3~4쪽.)
9) 최민지·김민주, 『일제하 민족언론사론』, 일월서각, 1978, 430~433쪽. 언론 탄압
　의 법령이 제정·공포되고 경찰권까지 발동되는 등, 당시 일제의 규제와 탄압은
　끊이지 않았다.

전해지지 못하였으리라 추측된다.[10)]

본고는 일본에 현전하는『우순소리』의 내용과 저술 배경을 간단하게 살피고 원본을 부록으로 제시하는 정도로 마무리하며, 이 기회를 통해 앞으로 연구자간에 더욱 발전된 논의가 이루어질 것을 기대한다.

2. 『우순소리』의 구성과 내용

먼저『우순소리』는 71편의 우화(寓話)로 구성되어 있으며 내용은 대부분 이솝우화를 초역한 것이지만, 이솝우화 이외의 외국 우화를 초역한 것과 이솝우화를 바탕으로 하여 저자가 변형시킨 이야기도 함께 실려 있다. 즉, 이 책은 이솝우화를 위주로 한 외국의 우화가 차역된 '우화집'이라 할 수 있다. 가 이야기는 '제목—본문'으로 구성되어 있으며, 그 중 20편의 말미에는 저자의 논평(혹은 교훈)이 붙어 있다.

필자는『우순소리』의 저본이 되는 텍스트를 알아보기 위해『신정심상소학(新訂尋常小學)』[11)]과 일본의 와타나베 온(渡部 溫, 1837~1898)의『통속이소보물어(通俗伊蘇普物語)』(1873년 간행, 1888년 증보),[12)] 그

---

10) 1910년 5월 10일 신한국보사에서 재발행되었다고 하나 이는 아직 발견되지 않았다. (『신한국보』융희 4년 5월 10일, 5월 17일의 기사.)

11) 한국학문헌연구소편,『한국 개화기 교과서 총서 1』, 국어편 1, 아세아 문화사, 1977, 215~470쪽.

12) 渡部 溫 역,『通俗伊蘇普物語』, 平凡社, 2001 참고.

원전인 제임스의 이솝 우화[13] 그리고『우순소리』간행 당시에 등장
한 稻葉翠浪의『신식이솝이야기(新式イソップものがたり)』[14] 등과 함
께 중국의 이솝우화 번역(혹은 번안)본인『意拾喩言』(1840),『伊娑菩
喩言』(1853),『海國妙喻』(1888) 등을 조사하였지만[15] 이야기의 배열,
제목, 사용 어휘나 문장체 등이『우순소리』와 완전히 들어맞는 본은
찾을 수 없었다. 물론 각각의 책에서『우순소리』에 들어있는 이야기
들을 다수 발견할 수 있있지만, 이는 현재도 흔히 접할 수 있는 이야
기들로 특별한 변별력을 갖기 힘들었다. 이솝우화는 당시 이미 전
세계적으로 널리 알려져 있었기 때문이다.[16]『우순소리』에는 이솝
우화간의 영향 관계를 밝힐 때 주요 증거가 되는 삽화가 존재하지
않고, 또 일본, 중국, 미국 등에서 장기간 유학하고 각각의 언어에
능통했던 저자 윤치호의 생애 등을 고려한다면 그 저본을 추적하기
란 결코 쉬운 일이 아니다.

특히『우순소리』에는 이솝우화에 없는 우화도 있는데, 그 예가 바
로 <一 굴송사>와 <三 고양이와 원숭이>이고, 이는 라퐁텐(La
Fontaine, 1621~1695)의『우화』[17]에 등장한다. 잘 알려지지 않은 사실

---

13) Thomas James, *Aesop's Fables: a new version, chiefly from original sources*,
   渡部 溫 藏版, 1872.
14) 稻葉翠浪,『新式イソップものがたり』, 大和村: 稻葉隣作, 1907.
15) 內田慶市,「日本に伝わった漢譯イソップ物語」『中國華東・華南地區と日本の
   文化交流』, 關西大學 출판부, 2001, 182~189쪽; 中村忠行,「淸末の寓話」,『天理
   大學學報』24, 1973, 12~32쪽. 중국 본들은 입수가 어려워 목차만 얻었기에 심도
   있는 연구가 더욱 필요하다고 생각한다.
16)『소년』에서 최남선은 이솝우화가 성경만큼이나 널리 알려진 책이라 소개하였다.
   『소년』에도 이솝우화의 차역이 2번 등장한다. (1908년 11월 1일, 1909년 11월 1일.)
17)『圖說ラ・フォンテーヌ寓話』, 東京:一橋出版, 1983 참고. 라퐁텐의『우화』는 이

이지만 윤치호는 프랑스어를 배우기 위해 프랑스에도 머문 적이 있었다.[18] 단순하고 재미있는 우화들이 외국어 학습에 잘 사용된다는 것을 생각하면, 그가 프랑스어를 배울 때에 라퐁텐의 『우화』를 접했을 가능성도 있겠다. 이렇듯 당시 널리 알려진 이솝우화를 비롯하여, 외국의 여러 우화가 함께 섞여있는 『우순소리』의 상황은 그 저본 파악을 어렵게 한다.

그렇기 때문에 현 상황에서는 윤치호가 특정 이솝우화 한 권만을 놓고 초역했다고는 생각할 수 없고, (이솝우화 자체가 불안정한 텍스트인 만큼 각 본마다 그 수가 다르나) 대략 250여 개의 우화가 들어있는 이솝우화 중에서 저술 목적에 유의미한 몇몇 이야기를 저자가 임의대로 취하여 나름의 방식으로 엮었다고 생각된다. 이 저본 문제에 대해서는 앞으로 더욱 상세한 조사가 필요하겠다.

어쨌든 『우순소리』는 이솝우화로 대표되는 외국의 우화를 그대로 초역한 것, 동양적 정서로 번안한 것, 큰 줄거리만 유지하고 재창작한 것 등으로 크게 분류된다.[19] 동양적 정서라는 것은 임의로 붙인

솝, 파브리오스, 파이드로스, 호라티우스 등의 우화와 파블리오 같은 중세문학에서부터 튀렝이나 테니에 같은 17세기 작가들의 작품까지 많은 프랑스의 작품들을 발췌한 우화시집이다. 또한 라퐁텐『우화』는 당시『경향신문』에서도 발견할 수 있는데 논설 등에 삽입되어 현실 풍자의 역할을 하였다고 한다. 참고로 박수미는 이솝우화와 라퐁텐의『우화』를 비교하여, 라퐁텐의『우화』보다 이솝우화가 잘잘못을 가리는 대의명분이 힘의 논리에 의해 더 쉽게 무너진다고 하였다. (박수미, 「개화기 신문소설 연구」, 2005, 성균관대 대학원 박사논문, 215~226쪽.)

18) 1896년 러시아 사절단으로 모스크바에 갔을 때에도 프랑스어 공부에 매진하였으며 임무가 끝나자 곧장 파리로 향하는데 그곳에서 약 5개월가량 머물렀다. (졸고, 「1896년 러시아 사절단의 기록 연구」, 연세대학교 석사논문, 2008, 37~38쪽.)

19) 구체적인 작품 내용들은 부록의 원본을 참고하길 바란다. 후술하겠지만 단순히 초역된 이야기라 하여도 논평 부분에 당시 정치 상황에 대한 저자의 비판과 의견

것인데 그리스 신(神) 등과 같이 서양에서 주로 쓰이는 어휘를 한국
정서에 맞게 고쳤다는 의미이며[20] 줄거리상의 변화는 거의 없다. 그
리고 재창작에 분류된 이야기들은 대부분 우화의 커다란 골격은 유
지하되 다만 국내외 정세(政勢)에 관한 내용이 들어가면서 변형된 것
들이다. (이에 대해서는 후술할 것이다.)

　여기서 간단히『우순소리』의 내용과 성격들을 살펴보면, 먼저 저
본이 되는 우화들이 그러하듯 도덕적 교훈성이 두드러진다. 욕심을
버리라든가, 겉모습만 보지 말고 내면을 보라든가, 자비를 베풀고 은
혜를 갚으라든가 하는 내용들이 그러하다. 뿐 만 아니라 남 탓을 하
지 말고 각자의 본분에 최선을 다하라는 근대 기독교적 윤리도 강조
하고 있다. 당시 윤치호는 소위 애국계몽운동의 대표적인 지식인으
로 문명개화·실력양성만이 민족의 살 길이라 여겨 교육에 전념하
였고, 사회 분위기 역시 도덕과 근면의 캠페인들로 넘쳐났다. 이러
한 상황 속에서 장황하지 않고 간결한 우화들은 아이들을 비롯한 일
반 대중에게 그 뜻을 쉽게 전할 수 있었기 때문에 교육에 자주 이용
되었다.

　『우순소리』의 다른 특징으로는 재미를 뽑을 수 있다. 원래 우화의
특징이 유익과 재미이고 이 특성들은 전술한 교훈성과 합쳐지면서
상승작용을 한다.[21] 제목에서 보여지는 대로『우순소리』역시 장난

이 드러나는 경우도 있다.

20) 헤라클레스를 부처라 한 것(四十 차부와 부처)이나 한반도의 토속 동물인 호랑이
　　가 등장하고(七十 즘생의 재판) 가면을 인형이라 고친 것(二 외양 치레) 등이 그것
　　이다. 이는 중국이나 일본의 경우에도 흔히 발견된다.

21) 라퐁텐은 이솝우화를 들어 "문학의 영역에 무언가 교묘한 것이 있다면 그것은

기와 유머가 가득하다. 『우순소리』의 우화들은 절제, 근면, 충직과 같은 교훈들을 내세우는 듯 보이지만 실제 내재되어 있는 교훈은, 도덕성 보다 세속적 지혜 혹은 조심성에 대한 권고인 경우가 많다. 이득이 되고 삶을 평안하게 하는 이러한 현실적 교훈들은 재미나 유머와 결합하면서 그 효과가 극대화된다.

여기서 저자 윤치호가 왜 수많은 작품들 중에 굳이 우화를 선택하여 『우순소리』를 지었는지 추측해 볼 수 있다. 그는 바르게 정렬된 사회보다는 혼란스럽고 뒤틀린 세상을 있는 그대로 보여주려 하였다. 이상적인 권선징악보다는, 약한 자는 도태되고 강한 자는 살아남는다는 철저한 적자생존의 사회, 자업자득의 세계를 보이고 그 속에서 살아남을 수 있는 현실적 지침을 주고자 한 것이다. 즉, 재치와 블랙 유머가 넘치는 우화들로 삶에 대한 통렬한 시선을 담아내고 인생의 고통과 불공평함을 냉소적으로 적나라하게 드러낸 것이다. 이우화들은 잔인하고 코믹하게 또 때론 아이러니컬하게 결말에 이르면서 지혜가 없고 자립·부강하지 못하면 멸망한다는 저자의 메시지를 강렬하게 남긴다. 때로는 판에 박힌 말보다 웃음 속에서 피어나는 은근한 촌철살인 한마디가 더욱 효과적인 삶의 교훈으로 다가 올 수 있는 것이다.

다음으로는 정치적 풍자성을 들 수 있다. 『우순소리』를 당시 국내

이솝이 도덕을 이야기한 형식일 것입니다." 라며, 유익과 재미 두 가지를 다 갖춘 것이 세상에 이 우화밖에 없을 것이며 이솝이야말로 이 둘을 연결하는 근사한 기술을 발견했다고 말하고 있으나 이는 거의 대부분의 우화들이 갖는 특징이라고도 할 수 있다. (김태준, 「이솝우화의 수용과 개화기 교과서」, 『한국문학의 동아시아적 시각』 3, 집문당, 2004, 58쪽에서 재인용.)

외 정세를 비유한 풍자소설이라 할 만한 여러 정황[22]들이 최근 드러
났는데 이는 상당부분 타당하며 이러한 세태 풍자가 바로 저작의 주
요 목적이라 생각된다. 당시 러일전쟁(1904)에서 승리한 일본은 1905
년부터 대한제국을 보호한다는 명분으로 통감부를 설치하고 외교권
을 박탈했으며 언론을 억압·통제하였다. 이러한 위기 속에서 간행
된 『우순소리』에는 전술하였듯이 외국 우화를 저자가 변형시켜 재창
작한 부분이 등장한다. 즉 외국 세력을 등에 업고 사리사욕을 채우는
관료들과 '보호'한다는 핑계로 대한제국을 억압하는 일본에 대한 비
판을 사물에 비유하여 우화적 형식으로 나타낸 것이다. 뿐만 아니라
일반적인 우화에서는 볼 수 없는 '매국', '보호', '공법', '압제정치', '독
립', '부강', '연설', '위생'등 당시 사회 분위기를 알 수 있는 어휘들이
빈번히 등장하는데 이는 저자가 당대를 적극적으로 드러내고자 하는
강한 의지를 갖고 있었음을 말해준다.

또한 본문의 이야기가 원전의 단순 초역일 경우에는 논평 부분에
현실에 대한 직설적인 표현들이 등장한다. 지금도 이솝우화와 같은
우화에서는 이야기의 말미에 논평(교훈)이 붙어있는 형태를 흔히 볼
수 있는데 이런 논평은 우화가 만들어지던 시기에 붙여진 것이 아니
라 전해내려 오면서 붙여진 것이라 한다. 즉, 논평은 우화를 차용한
사람 각자의 해석인 셈이다. 『우순소리』의 경우, 예를 들어 어떤 여

---

22) 우슨 소리 …… 이 칙은 우리나라 교육계에 유명ᄒᆞᆫ 윤치호씨의 져슐ᄒᆞᆫ 바 이국
   사샹을 니르키며 독립졍신을 비양ᄒᆞᄂᆞ 비유소셜이라.(『신한국보』, 융희 4년 4월
   5일 광고) 우슨 소리 …… 이 칙은 교육 대가 윤치호의 져슐ᄒᆞᆫ 유익ᄒᆞᆫ 비유소셜인
   더 (『신한국보』, 융희 4년 4월 12일의 광고. 정명기, 「일제 치하 재담집에 대한 재
   검토」, 『국어국문학』 149, 2008, 414쪽에서 재인용.)

우가 인형을 보고 겉모습은 예쁘지만 속이 비어 걱정이라 한 이야기(二 외양 치레)의 핵심은 외면만을 중시하는 것에 대한 경고일 수 있지만, 윤치호는 그런 일반적인 교훈과는 상관없이 '당세 부귀 대신 들을 보면 이여호가 무엇이라 할지'라며 당대 정치 관료들을 비난하는 논평을 붙인 것이다. 그러하기에 함정에 걸린 사자를 생쥐가 도와주는 이야기(十五 사지와 싱쥐)에서도 은혜갚음이나 자비에 관한 논평이 아닌, '강한자도 약한자의 덕을 볼째가 잇스니 강함을 밋고 약함을 능멸하지 마라'는 정치적 발언이 등장하는 것이다. 이러한 국내외 정세에 관한 논평은 전체 논평 20개 중 14개에 달한다. 이렇게 저자가 변형시킨 정치적 이야기 뿐 아니라 보편적인 교훈을 주는 이야기에서 조차 당시 조선의 정치적 상황 및 국제 정세를 논한 평을 집중적으로 많이 실었다는 점은, 『우순소리』의 저술목적이 바로 불합리한 정세를 풍자하는 데에 있었던 것이 아닌가 하는 심증을 갖게 한다.

다시 말하면 『우순소리』는 외국 우화의 완역이 아닌 일부 차역이며, 그 중 일부는 의도적으로 재구성되었다고 할 수 있다. 당시 신문의 서사적 산문들 중에서도 외국의 문학, 문화, 역사를 소개한 글은 대부분 그대로 번역된 것이 아니라 집필진의 임의로 윤색된 것이었음을 생각하면, 『우순소리』도 발췌한 이야기들의 원문이 그대로 번역된 것이 아닌, 주로 이야기의 교훈과 등장동물, 큰 줄거리만을 차용하여 작가가 재창작한 경우라는 사실이 새삼스럽지 않을 것이다. 당시의 급박한 국제정세와 국가시스템의 미비, 복잡다단한 언어질서 등을 고려하면 근대 계몽기의 번역 텍스트들 대부분이 초역이거나 부분번역일 수밖에 없고,[23] 유명한 외국 우화나 동화를 작가가 임의

로 바꾸거나 살을 붙이고 그 주제를 변화시키는 일도 그리 신기할
것 없다.

3. 『우순소리』의 저술 배경

1883년부터 1943년까지 60여년 동안 쓰여진 윤치호의 일기 중, 애
석하게도 『우순소리』가 발간된 1908년 전후의 일기는 존재하지 않
는다. 그러하기에 여기서는 윤치호의 서한들[24]과 발간 전후의 행적
및 정황들을 통해 저술 배경을 유추해 보기로 한다.

『우순소리』의 주된 내용인 이솝우화가 조선에 전해진 것은 미국
인 선교사들이 입국한 1885년경으로 추정되며 그 후 『그리스도 신
문』, 『조선크리스도인회보/대한크리스도인회보』, 『협성회회보』, 『독
립신문』 등에 이솝우화의 일화가 논설 속 액자 형식으로 차용되었
다고 한다.[25] 즉, 서구 문화와 기독교 전파에 열성이었던 선교사들
이 성경과 함께 이솝우화를 들여온 것으로 보인다. 여기서 윤치호의
'글로벌'한 배경을 생각하면 그가 일찍부터 이솝우화를 접했을 수도
있음을 충분히 예상할 수 있다. 그는 16세 때 일본의 동인사(同人社)
에 유학하면서 일본어와 영어를 습득하였고, 이후에도 중국 상하이

---

23) 정선태, 「근대계몽기의 번역론과 번역의 사상」, 『배달말』 33, 2004, 111쪽.
24) 국사편찬위원회 편, 『윤치호 서한집』, 국사편찬위원회, 1980, 152~182쪽. 인용된
    원문 번역은 윤경남 역, 『국역 좌옹 윤치호 서한집』, 호산문화, 1995. 참고.
25) 일례로 『독립신문』 1899년 6월 12일, 131호의 논설에는 '토끼와 개구리'의 이야기
    가 들어 있다.

의 중서서원(中西書院)과 미국의 밴더빌트 대학(Vanderbilt University)
과 에모리 대학(Emory University)에서도 상당 기간 수학하였기에 당
시 널리 알려졌던 이솝우화를 유학생 윤치호도 접했음이 틀림없다.
특히 그는 한국인 최초의 남감리교인으로서 이솝우화 수입에 혐의
가 있는 미국인 기독교 선교사들과 자주 접촉했으며, 유학 후에는
우화가 다수 차용되었던『독립신문』의 간행인이었던 것을 생각하면
더더욱 그렇다.

　조선에서의 이솝우화 초역은 1896년 학부편집국에서 출간된 교
과서『新訂尋常小學』에 최초로 등장한다.26) 윤치호는『新訂尋常小
學』이 간행될 무렵인 1896년경에 학부에 재직 중이었고 교육에 늘
열의를 가졌기에27) 교과서에 대한 관심도 높았을 것으로 생각된다.
또한 이솝우화를 근대적 형태로 대중화시킨 일본의 와타나베 온이
영어 교재였던 제인스의 이솝우화를 완역한 것은 영어 학습에 도움
을 주고자 했기 때문이었는데28) 윤치호 역시 영어 문법서29)를 내었

---

26) 김병철,『한국근대번역문학사연구』, 을유문학사, 1975, 185쪽. 근대 교육이 시작
　　된 이래, 이솝우화과 같은 우화는 아동 교육의 중요한 양식으로 국어 및 도덕교재
　　에 자주 삽입되었다. 특히 와타나베의 번역서『통속이소보물어』가 일본에서 도덕
　　교과서의 지침서가 되고 와타나베가 문부성(文部省) 관리였다는 점 그리고 당시
　　교과서로 사용되었던 후쿠자와 유키치(福沢諭吉)의『동몽교초(童蒙教草)』에도
　　10여 개의 이솝우화가 차용되었던 점 등을 생각했을 때 근대 교육과 이솝우화의
　　관계는 긴밀했다고 할 수 있다.
27) 외부(外部)로 발령 받았을 때에도 학부(學部)에서 일하고 싶어 했을 만큼 교육에
　　열성적이었다.
28) 일찍이 1840년에 발간된 중국의 한역 이솝우화(『意拾喩言』)가 중국어를 공부하
　　는 서구인들을 위해 지었다는 점을 생각해볼 때 이솝우화가 당시 외국어 학습에
　　자주 이용되었다는 사실을 알 수 있다.
29) 윤치호,『英語文法捷經』, 경성:동양서원, 1911.

고,『우순소리』발간 전부터 영어를 가르치고 있었다는 점을 생각하면[30)](『우순소리』역시 (도덕 교육과 함께) 영어 교육의 목적으로 저술되었을 가능성도 있다.

또한 윤치호는 전대의 우언방식이 아닌, 외국의 우화를 차역하여 『우순소리』를 지었는데 그것은 그가 외국우화와 접촉할 기회가 상대적으로 많았고 해외 문물 유입에도 적극적이었으며 또 그것이 민족을 부강하게 한다는 강렬한 믿음을 가졌기에 생긴 결과일 것이다. 더군다나 한문 문명권의 유교적 지식인들 사이에서 주로 공유되었던 우언의 전통이 그에게 그다지 매력적이지 않았을지도 모른다.[31)]

『우순소리』가 발간될 즈음의 상황들은, 주지하다시피 교육을 통한 계몽이 민족 국가 설립에 필수적이라는 생각에 많은 지식인들이 학교를 설립하였고, 윤치호 역시 자산을 기부해가면서 개성의 송도고등보통학교과 한영서원을 운영하였고 또 학생들을 가르쳤다. 하지만 일제하에서는 교육 활동이나 학교 운영이 쉽지 않았다.

> 보호한다는 명분 아래 이전보다 열배나 더 지내기 어렵게 되었습니다. 일본은 진실로 조선인을 도우려는 남녀 선교회를 싫어합니다. 일본은 조선인이 배우는 것을 원치 않습니다. 무자비하고 악독하고 잔인한 일본의 정책은 성실한 조선 사람을 모두 일본으로부터 멀어

---

30) 1907년 12월 5일 캔들러 박사에게 보낸 편지에서 그는 "학습이나 정원원예에서 톰슨 씨를 도와 현재 왓슨 씨와 제가 영어를 가르칩니다."라며 학급이 너무 많아 가르치는 일이 버겁다고도 하였다. (『윤치호 서한집』, 국사편찬위원회, 1980, 176쪽.)

31) 이유미, 「1900년대 지식인의 현실인식과 글쓰기 방식의 상관성 연구」, 『근대계몽기 문학의 재인식』, 소명출판, 2007, 100~109쪽.

지게 합니다. 일본은 그들의 나라에서 혹은 영국이나 워싱턴에선 기
모노의 천사일지 모르나, 조선 땅에선 악한입니다.[32]

윤치호는 평생 영미(英美)와 같은 '제국'을 동경하며 서구화(문명
화)만이 절대 가치라고 생각했던 사람이었고 서양이 아니라면 차선
책으로 일본이라도 배워야 한다고 믿었다. 하지만 그의 이상은 현실
과 너무나 달랐다. (문명개화에 대한 본질적인 이상은 그대로라 하더라도)
일본에 의한 실질적인 지배('악독하고 잔인한' 정책)가 시작된 후 그는
'문명국'일본이란 환상에서 깨어나, 불합리하고 폭력적인 제국 일본
에 반감을 갖기 시작한 것이었다. 『우순소리』간행 1년 전인 1907년
7월 28일 캔들러(Warren A. Candler, 1857~1941) 박사에게 보낸 편지
를 보면,

　　바로 지금, 일본이 조선에 무엇을 해 왔는지에 관한 정보를 출판하
셔야 합니다. 연로하신 황제께서는 이달 19일에 퇴위를 강요당했습
니다. 조선의 내각은 변절한 조선인과 일본의 압력으로 무자비한 일
본의 지극한 자비심 앞에 이 나라 전체를 넘겨주는 새로운 조약에
서명했습니다. 이 나라는 분노로 들끓고 있습니다. 일본은 압도적인
힘으로 한국을 누르려 합니다. 모든 사람들이 언론의 억압을 받으며

---

32) The japanese who are making the Korean ten times worse off under the so
called protection than before hate the missionaries because the latter is the
only body of men and women who really help the Koreans. Japan does not
want the Koreans learn anything. The wanton and deliberate cruelty of the
Japanese policy has alienated me-all true Koreans-from Japan. The Japs may
be angels in Kimono in their country and in England and Washington, D.C.,
but they are vipers in Korea. (『윤치호 서한집』, 국사편찬위원회, 1980, 157쪽.)

말을 함부로 한 자는 투옥되거나 매수를 당합니다.[33]

라며 일본의 침략적 행위를 비난하며, 이 사실을 출판하여 알리지 않으면 안 된다고 한다. 이 외중에 그는 학교가 어느 정도 안정되자 문학에 관심을 기울이겠다는 의지를 보인다.

저는 학교 일에서 자유로워지는 데로 문학에 관심을 가지려고 합니다.[34]

이는 『우순소리』가 간행되기 반년쯤 전인 1907년 12월 15일에 캔들러 박사에게 보낸 편지로, 이때부터 윤치호가 본격적으로 문학에 관심을 가진 것으로 생각되며, 『우순소리』가 바로 그 결과물이라 생각된다. 정치적 억압아래에서 '문학'에 관심을 가진다는 것은 무엇을 의미하는 것인가. 특히 『우순소리』가 저술될 즈음에는 일제의 엄격한 통제로 인해[35] 정치문제를 직접적으로 언급하는 것은 불가능했다. 이러한 상황 속에서는 간접 비유나 서사적인 글쓰기가 더욱 효과

---

33) by this time you, must have press information in regard to what Japan has done in Korea. The old emperor was compelled to abdicate on the 19th instant. A new treaty was signed by the Korean Cabinet expressly manned by Japan, with renegade Koreans, practically handing over the whole country to the tender mercies of the heartless Japanese. The country is boiling with indignation. But the Japs are holding it and those who cannot be gagged are either imprisoned or bribed. (『윤치호 서한집』, 국사편찬위원회, 1980, 167쪽.)

34) I want to give myself more and more to help making literature-as soon as I can free myself from classrooms. (『윤치호 서한집』, 국사편찬위원회, 1980, 177쪽.)

35) 1907년 7월 정부는 광무신문지법을 제정하고 이어서 1908년 4월 신문지 규칙을 반포했다. 그리고 1908년 8월 학회령을 공포하여 "학회는 政事에 關涉함을 得치 못함"이라며 학회의 정치문제 개입을 차단했다.

적이라 생각하였기에 윤치호는 문학과 우화라는 장르를 택했던 것은 아닐까. 개화기에 출간된 서사물이 대게 문예성보다, 독립과 민권 수호를 위한 정치적·사회적 효용성을 더욱 중시하였던 것을 생각해 볼 때[36] 계몽사상가 윤치호 역시 당대 사회를 비판하기 위해 문학에 몰두했다고 할 수 있다.[37]

4. 나오며

윤치호의『우순소리』는 이솝우화를 위주로 한 외국 우화를 차역한 것으로, 사물 비유라는 우화 특유의 웃음코드를 통해 독자에게 도덕적 교훈과 함께 불합리한 삶의 현실을 극복하는 지혜를 제시한다. 이렇게 원칙대로 흘러가지 않는 세상의 움직임은 주저 없이 국가적 상황이라는 보디 기대한 차원으로 드러난다. 당시 조선은 제국주의 일본에 의해 통감부가 설치되고 언론이 억압받는 위기적 상황이었고, 이러한 상황에서 계몽사상가 윤치호가 할 수 있었던 최선은

---

36) 김병철,『한국근대번역문학사연구』, 을유문학사, 1975, 153쪽. 참고로『우순소리』가 간행되었던 대한서림의 발행인 정운복(鄭雲復)은 제국신문사 사장과 주필을 역임하고 서우학회 회장을 지냈으며 서북학회 결성에 큰 역할을 하였다. (김봉희,『한국 개화기 서적 문화 연구』, 이화여대 출판부, 1999, 123쪽.)

37) 개화기 작가들 대부분은 전문적인 문학 수업을 거치지 않았으며 당시 사회의 모든 측면을 움직이게 하는 중요 사상이면 무엇이든 관심을 보였고 이들은 언론인, 정치가, 교육자 등의 다양한 직분을 갖는 광범위한 지식층에 속하는 사람들이었다고 한다. (권영민,「개화기소설작가의 사회적 성격」,『한국학보』19집, 1980, 87~104쪽.) 다시 말해 당시 문학은 문예성을 목적으로 하는 것이 아닌 작가의 이념을 표출시키는 도구로써의 역할이 컸으며, 이는 어떤 면에서는 조선 시대의 문이재도(文以載道) 관념과도 상통하는 측면을 보인다.

민족의 정체성을 재정립하고 자주 독립의 의지를 구현시키는 교육
및 문학적 활동이었기 때문이다. 또한 우화 풍자는 이러한 비판 의식
이 강렬하게 표출되는 양식으로, 식민지 담론의 언어 표상들을 비판
하거나 논리의 허구성을 풍자하는 공격성을 갖고 있었기 때문에 작
가 스스로가 강력한 정치적 저항 도구로 선택한 장르였다는 점을 추
측할 수 있다.

(『국어국문학』 제153호, 2009. 12)

참고문헌

윤치호, 『우순소리』, 대한서림, 1908.
김병철, 『한국근대번역문학사연구』, 을유문학사, 1975, 153~309쪽.
김상태, 『윤치호일기 1916~1943』, 역사비평사, 2001.
김태준, 『한국문학의 동아시아적 시각』 3, 집문당, 2004, 49~81쪽.
박수미, 「개화기 신문소설 연구」, 성균관대 대학원, 박사논문, 2005, 199~229쪽.
정선태, 「근대계몽기의 번역론과 번역의 사상」, 『배달말』 33, 2004, 93~114쪽.

<제2부>

윤치호의 『우순소리』

□ 현대역 및 교주
□ 원문
□ 영인본

『우순소리』의 현대역 및 교주

1. 굴 송사(訟事)

일일(一日)[1]은 행인 둘이 길을 가다가 해변에 굴 한 개가 있는 것을 보고 한 사람이 집으려 한즉, 동행하던 사람이 말하되,

"여보, 가만 잇소. 우리 둘 중에 그 굴을 누가 먹어야 옳소?"

"아 그야, 먼저 본 사람이 먹고 ㄱ 다음 본 사람은 구경이니 히지요."

"그럴 테면 내 눈이 꽤 밝소."

"댁은 보기만 하였지요, 나는 만져 까지 보았으니 어찌하려오?"

피차(彼此)[2] 다툴 때에 어떤 양반 한 분이 지나가거늘, 행인 둘이 굴 송사 판결하기를 청한대, 그 양반이 그 굴을 쪼개어 속은 삼켜버리고 껍질은 한 쪽씩 둘에게 나누어 주면서 가로대,

"너희 소위(所爲)[3]는 송사부비(訟事負費)[4]를 물게 할 것이나 십분 용서하여 굴 껍질 하나씩 주는 것이니, 아무 말도 말고 가라."
하더라.

● 사화(私和)[5]하여 반 얻는 것이, 송사하여 다 잃는 것보다 낫다.

---

1) 김을한은 이 부분을 '하루'라고 현대역을 해놓았다.
2) 김을한은 이 부분을 '서로'라고 현대역을 해놓았다.
3) 소위(所爲): 하는 일. 소행(所行).
4) 송사부비(訟事負費): 송사(訟事)를 치르는데 드는 비용.
5) 사화(私和): 법으로 처리할 송사(訟事)를 서로 좋게 풀어 버림. 김을한은 이 부분

2. 외양(外樣) 치례

하루는 여우가 길 가다가 한 곳에 이른즉, 사람이 많이 모여 화반석(花斑石)[6]으로 새긴 인형을 보고 칭찬하거늘, 여우가 한참 보다가 돌아서 가며 하는 말이,

"외모는 좋다마는 속이 없어 걱정이다."

　● 당세(當世) 부귀 대신들을 보면 이 여우가 무엇이라고 할지.

3. 고양이와 원숭이

고양이와 원숭이가 한 집에 정답게 사는데, 둘의 장난이 무쌍하여[7] 원숭이는 보는 것마다 훔치고, 고양이는 쥐잡기는 마음이 없고 찬장만 드나들더니, 하루는 화로에 밤 굽는 것을 보고 원숭이가 고양이를 불러 말하되,

"형님! 저 군밤을 꺼냈으면 우리 둘이 잘 먹겠소마는, 내 손은 형님처럼 재지가 못하니[8] 형님이 꺼내시오."

그 말을 듣고 고양이가 화로의 재를 헤치면서 밤을 하나씩 꺼내 놓는 대로 원숭이는 벗겨 먹더니 주인이 들어오매, 고양이는 발만

을 '사과'라고 현대역을 해놓았다.

6) 화반석(花斑石): 바탕이 곱고 무른 돌. 주로 도장이나 그릇을 만드는 재료로 사용한다.

7) 김을한은 이 부분을 '심하여'라고 현대역을 해놓았다.

8) 재지가 못하니: 동작이 재빠르지 못하니. 김을한은 이 부분을 '길지가 못하니'라고 고쳐 놓았다.

데이고 밤은 맛도 못보고 도망하더라.

- 외인(外人)의 심부름[9]으로 매국(賣國)하는 사람들 생각 좀 하시오.

4. 사슴의 뿔

하루는 사슴이 냇가에서 물을 먹다가 물속에 비치는 뿔 그림자를 보고 좋아서 하는 말이,

"뿔이야 훌륭하다! 뿔을 보면 내가 남중일색(男中一色)[10]이지마는 다리가 장대 같아서 분하다!"

하고 탄식하더니, 별안간 사냥개가 좇아오거늘, 업신여기던 다리가 나는 듯이 뛰어 위경(危境)[11]을 면할 뻔하였더니, 그 뿔이 나뭇가지에 걸려 달아나지 못하고 잡힌지라. 사슴이 한숨 쉬며 가로대,

"외면치레만 하면 몸을 망한다."

하더라.

- 외면만 보고 친구 사귀지 말라.

---

9) 김을한은 이 부분을 '앞잡이'라고 고쳐 놓았다.

10) 남중일색(男中一色): 외모가 뛰어난 사람을 일컫는 말. 김을한은 이 부분을 '천하일색'이라고 고쳐 놓았다.

11) 위경(危境): 위태로운 처지. 김을한은 이 부분을 '위급'이라고 현대역을 해놓았다.

5. 강약부동(强弱不同)

사자와 송아지와 염소와 양, 넷이 동사(同事)[12] 사냥을 시작하여 넷 중에 누구든지 짐승 한 마리를 잡으면 네 동사가 고루 나누기로 약조(約條)[13]하였더니, 하루는 염소가 놓은 덫에 사슴이 잡힌지라. 약조대로 동사들을 청하매, 사자가 그 사슴을 네 몫으로 나누어 놓고 한 몫을 차지하며 말하되,

"내 이름이 사자니 이것은 내 몫이요, 내가 그중 힘이 세니 둘째 몫도 내 것이요, 내가 그중 담대하니 셋째 몫도 내 것이요, 넷째 몫도 누구든지 죽으려거든 건드리라."

하고 다 먹어 버리더라.

　　　　　　　　　　　● 강하고 의리 없는 놈[14]과는 동사 마라.

6. 허욕(虛慾) 많은 개

개가 고기 한 덩이를 훔쳐 물고 다리를 건너가다가 제 그림자가 물에 비친 것을 보고, 다른 개가 고깃덩이를 문 줄 알고 빼앗으려고 짖다가 제 입에 물었던 고기까지 물에 빠치더라.

　　● 입에 고기 한 덩이가 물속에 있는 고기 두 덩이보다 낫다.

---

12) 동사(同事): 일을 함께 함. 동업(同業).
13) 김을한은 이 부분을 '약속'이라고 현대역을 해놓았다.
14) 김을한은 이 부분을, '놈'이 아닌 '자'라고 고쳐 놓았다.

7. 강한 놈의 경계(警戒)

하루는 늑대가 냇가에서 물을 먹다가 배고픈 즈음에 본즉, 어린
양 한 마리가 아래서 물을 먹거늘, 늑대가 트집하되,

"이놈아! 내가 먹는 물을 네가 어찌 흐리느냐?"

양: "영감은 내 물 위에서 자시고 나는 아래서 먹으니, 내가 흐릴
    수가 있소?"

늑대: "작년 봄에 내가 못 듣는데 네가 욕하였지?"

양: "별 트집도 많소. 작년 봄에는 내가 나지도 아니하였소."

늑대: "그러면 네 형이 욕하였지?"

양: "그게 무슨 망령이요, 나는 형도 없고 아우도 없소."

늑대가 할 말 없음에 눈을 부릅뜨고 꾸짖되,

"내가 너희를 보호하고 너희 집안을 보전하는 덕을 모르고 내 말
마다 거역하니, 너의 행복과 부강을 속히 도모하기 위하여 너를 먹
겠다."

하고 그 양을 먹어버리더라.

● 약한 놈은 경계도 없고 공법도 없다.

8. 조심하는 쥐

고양이가 어느 광 속에 있는 쥐를 거운[15] 다 잡아먹은지라. 남은

---

15) 거운: 거의. 김을한은 이 부분을 '거의'라고 현대역을 해놓았다.

쥐들이 약속하고 구멍 밖에 나오지 아니하매, 고양이가 한 계교를 내어 뒷다리로 벽에 있는 못을 붙들고 거꾸로 달려 죽은 체하거늘, 늙은 쥐 한 마리가 내다보고 하는 말이,

"에구! 이 흉물아. 죽은 체는 그만두고, 네 껍질에 짚을 넣어 놓았어도 네 옆에는 아니 가겠다."

하더라.

● 못된 놈 옆에는 농(弄)[16]으로도 가지 마라.

9. 개구리와 황소

개구리 새끼들이 풀밭에서 놀다가 황소를 보고 놀라 물 속으로 들어가 그 어미를 보고 말한대, 새끼 개구리가[17],

"그것이 무엇이요? 어머니가 암만 하기로 황소만 하시겠소?"

어미 개구리가 점점 분하여 배를 기껏[18] 불리고 묻되,

"이래도 그놈만 못할가?"

"아직도 멀었소."

어미 개구리가 황소만 하려고 배를 불리다 못하여 필경(畢竟)은 배가 터져 죽더라.

● 강한 나라 칭호와 예식(例式)[19]만 흉내 내다가 망한 나라도 있다지.

---

16) 농(弄): 농담.
17) 원본에는 "어미개구리"로 되어 있으나, 오기(誤記)임으로 바로 잡았고, 김을한은 이 부분을 삭제하였다.
18) 기껏: 힘이 미치는 데까지. 김을한은 이 부분을 '크게'라고 현대역을 해놓았다.

10: 꾀꼬리

꾀꼬리가 새매[20]에게 잡혀서 애걸하되,

"여보! 댁같이 큰 양반이 나 같은 작은 새를 먹는대도 한입 거리도 못 될 뿐더러 내 생애(生涯)가 소리이니 좀 들으시오."

새매가 대답하되,

"소리도 먹어야 재미지, 손속에 든 작은 새가 손 밖에 있는 큰 새보다 낫다."

하너라.

● 압제 정치 밑에는 말 잘하여도 쓸 데 없다.

11. 배와 수족(手足)

하루는 손과 발과 입과 다리가 회의(會議)하여 말하되,

"우리는 음식 얻어 들이기에 주야분주(晝夜奔走)하되 배는 아무 것도 않고 먹고만 있으니 이런 경계[21]가 어디 있나? 오늘부터 우리 약조하고 손은 밥 한 술 입에 넣지 말고, 입은 음식 한 꼬물[22] 씹지 말고, 발과 다리는 아무데도 가지 말자."

하매, 배는 아무 말도 않고 저희 하는 대로 두었더니, 며칠 지나지

---

19) 예식(例式): 정해져 있는 일정한 격식.
20) 새매: 새매: 수릿과의 새. 맹금(猛禽).
21) 김을한은 이 부분을 '경우'라고 현대역을 해놓았다.
22) 꼬물: 아주 조금.

못하여 고플수록 수족은 기운이 없고, 입은 말할 힘도 없고, 다리는 꼼짝할 수 없는지라. 그제야 배가 말하되,

"음식을 얻어 오기는 너희 일이요, 소화하기는 내 일이니, 너희가 없어도 나 못살고 나 없어서도 너희 못살 터이니, 각기 맡은 일을 잘하여 서로 도와주어야 하지, 그렇지 않고 각기 제 몸만 알면 결단 난다[23]."

하더라.[24]

12. 보호국(保護國)

새매가 며칠을 비둘기장 근처로 돌아다녀도 비둘기가 하나도 나오지 않거늘, 새매가 웃는 얼굴로 장 앞에 와서 비둘기를 보고 꾀는 말이,

"나도 날개와 털이 있고 그대들도 날개와 털이 있으니 우리 조상은 필경 한 조상이요, 우리는 같은 종류로 가위(可謂)[25] 동포 형제라. 근일(近日)[26] 본즉 삵이 이 근처로 돌아다니니 그놈의 흉계가 파측한지라.[27] 그대들은 천성이 순량(順良)하여[28] 잘못하면 남의 압제를 당

---

23) 김을한은 이 부분을 '끝이 난다'라고 고쳐 놓았다.
24) 김을한은 이 이야기 말미에 '사람은 각기 제할 일이 있는 것이다.'라는 논평을 붙여 놓았다.
25) 가위(可謂): 한마디로 말할 수 있겠다.
26) 김을한은 이 부분을 '오늘'이라고 고쳐 놓았다.
27) 파측한지라: 생각이나 행동이 꽤씸하고 엉큼한지라. 불측한지라. 김을한은 이 부분을 '무서운지라'라고 현대역을 해놓았다.

하니, 나와 보호약조를 정하면 내가 그대들을 보호하여 그대의 종가
(宗家)도 존엄하게 하고 그대의 집도 보전하여 여러 금수(禽獸) 세계
에 그대의 독립과 부강을 태산같이 굳게 할 터이니 어떠하뇨?"
하고 좋은 싸라기²⁹⁾를 선사하거늘, 비둘기들이 기뻐하여 새매를 장
속에 맞아들여 보호대감을 삼았더니, 그 이튿날부터 새매가 비둘기
의 독립과 안녕을 유지한다 한고 비둘기 한 마리씩 잡아먹고 다 먹은
후에는 그 장까지 차지하더라.

　　　　　● 제가 제 보호 못하고 남의 보호를 어찌 믿으리오.

13. 남의 머리

한 대머리 사냥꾼이 가(假)머리로 상투하고 다니다가 바람에 갓이
벗어지며, 가(假)상투가 불려 가매 동무들이 조롱하거늘, 사냥꾼이
웃으며 말하되,

"조롱할 것 무엇 있나? 내 머리가 내 대강이³⁰⁾에 붙어 있지 아니할
제 남의 머리가 붙어 있겠나?"

● 제 정부가 제 백성을 학대할 때, 남의 나라가 남의 백성 후대할까?

---

28) 김을한은 이 부분을 '온순하여'라고 고쳐 놓았다.
29) 김을한은 이 부분을 '쌀가루'라고 고쳐 놓았다.
30) 대강이: 머리를 속되게 부르는 말.

14. 사자와 사람

하루는 사람과 사자가 만나 이야기할 때, 사람은 사람의 지혜와 용맹을 자랑하고, 사자는 사자의 용맹과 지혜를 칭찬하여 서로 다투다가 사람이 말하되,

"네 저 비(碑)를 보아라. 사람이 사자를 때려눕힌 그림이 아니냐?"

사자가 껄껄 웃으며 대답하기를,

"그게 무슨 어림없는 소리냐? 그 비를 사자가 세웠다면 사자가 사람 잡아먹던 그림을 새겼으리라[31]."

하더라.

15. 사자와 생쥐

하루는 사자가 사냥하다가 곤하여 나무 밑에서 자는 사이에 생쥐 몇 마리가 사자 등에 올라 놀더니, 사자가 깨어 앞발로 생쥐 한 마리를 잡아 눌러 죽이려 하다가 생쥐의 애걸함을 가긍히 여기어 놓아 보내었더니, 며칠 후에 그 사자가 사냥 그물에 걸려 죽게 된지라. 전일에 살려 보냈던 생쥐가 와서 그물을 쏠아 끊어 버리고 사자를 살려 주더라.

• 강한 자도 약한 자의 덕을 볼 때가 있으니, 강함을 믿고 약함을 능멸하지 마라.

---

31) 김을한은 이 부분을 '그렸으리라'라고 고쳐 놓았다.

16.[32] 일부양처(一夫兩妻)

한 사람이 아내 둘을 두었는데, 하나는 젊고 하나는 늙은지라. 사내 머리의 백발은 젊은 아내가 다 뽑아 버리고, 검은 털은 늙은 아내가 뽑아 버리매 미구(未久)[33]에 대머리가 되었더라.

17. 은혜와 압제(壓制)

하루는 북풍과 대양이 누기 세력이 많으냐 하고 서로 다툴 지음에, 한 행인이 솜두루마기를 입고 가거늘, 바람과 볕이 그 두루마기 벗기기로 내기하자 하고, 북풍은 그 힘을 다하여 불매 행인의 두루마기가 불려 떠나갈 듯하더니 그 사람이 옷고름을 단단히 잡아매고 두 손으로 옷자락을 붙들매 바람이 더 불수록 벗길 수가 없는지라.

태양이 바람을 재우고 구름을 물리치며 더운 빛을 내려 쬐이매 행인이 더워서 두루마기를 벗어버리니, 북풍이 태양의 권력을 탄복하더라.

• 인심을 얻기에 은혜의 더운 기운이 압제의 찬바람보다 낫다.

---

32) 원문은 이야기의 번호가 '十五'로 되어 있다. 오식(誤識)임으로 번호를 바로잡는다.
33) 미구(未久): 오래되지 않아서.

18. 토끼와 개구리

하루는 토끼들이 종회(宗會)를 열고 의논하되,

"세상에 우리같이 약하고 살 수가 있나? 음식 한 끼를 마음 놓고 먹을까? 잠 한숨을 편히 자볼까? 개소리만 나도 놀라고, 그림자만 보아도 숨으니, 이 신세를 어찌하나? 도무지[34] 물에 **빠져** 죽자."

하고 여러 토끼가 연못가로 나가더니, 개구리들이 달밤에 물가에서 소창(消暢)[35]하다가 토끼 오는 소리를 듣고 놀라 물속으로 다 들어가거늘, 토끼 문장(門長)[36]이 여러 토끼에게 발론하되,

"여러분! 내 말 듣게. 우리가 약하여 살 수 없는 줄 알았더니 우리를 보고 무서워 숨는 짐승도 있으니, 그 짐승이 살 적에 우리가 죽을 것 무엇 있나?"

하고 각기 집으로 가더라.

19. 수리의 지각(知覺)

젊은 수리[37]가 병이 들어 죽게 된지라. 그 어미더러 청하되,

"어머니! 이제는 할 수 없으니[38], 명산대천(名山大川)과 절간에 기

---

34) 도무지: 이렇게 저렇게 할 것 없이, 아주. 김을한은 이 부분을 '차라리'라고 현대역을 해놓았다.

35) 소창(消暢): 울적하거나 답답한 마음을 풂. 김을한은 이 부분을 '합창'이라고 현대역을 해놓았다.

36) 문장(門長): 우두머리. 김을한은 이 부분을 '훈장'라고 고쳐 놓았다.

37) 수리: 수릿과에 딸린 새를 통틀어 일컫는 말.

도나 좀 하시면 내 병이 나을런지요?"

어미 수리가 대답하되,

"어느 명산대천과 절간에 가서 너나 내가 도적질 아니한 데가 있으면 모르되, 그렇지 않으면 우리 기도를 누가 듣겠니?"

하더라.

- 임금을 속이고 백성을 학대하여 나라를 망하여 놓고, 불공(佛供)과 산천(山川) 기도로 나라 잘 되기를 비는 사람들은 이 수리 지각(知覺)만 못하도다.

20. 사자의 청혼(請婚)

산중에 사는 사람이 일색(一色) 딸을 두었더니, 사자가 와서 청혼하거늘 감히 막지 못하여 대답하되,

"대왕님 같은 사위를 두었으면 오죽 좋겠소마는 내 딸이 어리고 약하여 겁이 많으니, 대왕의 이와 발톱을 다 빼면 혼인하겠소."

한대, 사자가 그 색시를 탐내어 이와 발톱을 다 빼고 왔거늘, 신부 아비가 몽둥이로 때려잡더라.

---

38) 할 수 없으니: 달리 어떻게 할 도리가 없으니.

21. 나무꾼과 부처님

나무꾼들이 산에 올라가 나무를 하다가 한 아이가 도끼를 잃고 찾지 못하매, 그 근처 절에 가서 부처님께 빌고 찾아 달라자 하여 여러 아이들이 그 절을 향하여 가다가, 중로(中路)에서 그 절 중 몇이 내려오거늘, 나무꾼이 어디 가느냐 물은데 중의 대답이,

"어젯밤에 절에 도둑이 들어 불기(佛器)[39]를 잃어버리고 원님께로 찾아 달라고 청하러 간다."

하는지라. 도끼 잃은 나무꾼이 말하되,

"제 절에서 잃은 그릇도 찾지 못하는 부처가 남의 도끼 찾아줄 수 있겠나?"

하고 헤어져 가더라.

22. 흑백분명(黑白分明)

숯장수가 그 친구 마전장이[40]를 보고 같이 살기를 청하자, 마전장이가 대답하되,

"노형의 정분(情分)[41]은 고마우나 내 생애는 검은 것을 희게 하고, 노형의 생애는 흰 것을 검게 하니, 우리는 따로 살아야 의가 상하지

---

39) 불기(佛器): 부처에게 공양할 때 쓰는 그릇.
40) 마전장이: 베, 무명, 비단 등의 천을 물들이는 직업.
41) 정분(情分): 사귀어서 든 정.

않겠소?"

하더라.

23. 여우와 두루미

하루는 여우가 두루미를 청하여 저녁을 먹을 새, 납작한 접시에 멀건 국물을 담아 논지라. 두루미는 한 모금도 삼키지 못하고 여우가 다 핥아먹거늘, 며칠 후에 두루미가 여우를 청하여 점심 대접 하는네, 목 긴 병 속에 고기를 썰어 넣은지라. 두루미는 그 주둥이로 잘 꺼내어 먹는데 여우는 한 점도 못 먹고 가면서, 두루미의 대객(待客)[42] 잘못함을 책망하더라.

24. 여우와 염소

하루는 여우와 염소가 동행하다가 목이 마르매, 둘이 우물에 들어가서 물을 먹고 본즉 나올 수가 없는지라. 여우가 염소더러,

"여보! 노형이 우물가를 버티고 서면 노형의 뿔을 딛고 내가 먼저 나가서 노형을 끌어내리다."

한대, 염소가 곧이 듣고 앞발로 우물가를 버티고 일어서니 여우가 뿔을 디딛고 나가서 들여다보고 조롱하는 말이,

---

42) 김을한은 이 부분을 '대접'이라고 고쳐 놓았다.

"이 못생긴 것아! 네 지각이 네 수염 반만 하여도 내 꾀에 빠지지 아니하였것다! 나는 볼 일 있어 가니 천천히 나오너라."
하고 가더라.

25. 곰과 무신(無信)한 사람

두 사람이 험한 산길을 갈 때, 환난상구(患難相救)[43]하기로 언약하고 가더니, 한 산골을 들어서매 별안간 곰이 앞을 막는지라. 둘 중의 한 사람은 몸이 가벼운 고로 나무 위로 뛰어올라 가고, 하나는 미처 피할 수 없어 땅에 엎드려 죽은 체하였더니, 곰이 엎드린 사람의 냄새를 맡아보더니 과연 죽은 줄 알고 가거늘, 나무 위에 올랐던 사람이 내려와서 무르되,

"여보게! 아까 보니 곰이 자네 귀에 대고 무슨 말을 하는 것 같으니 무엇이라 하더냐?"
하니, 엎드렸던 사람의 대답이,

"이 다음에는 자네 같은 의리 없는 사람과는 동행하지 말라 하데."

---

43) 환난상구(患難相救): 향약의 네 가지 덕목 가운데 하나. 어려운 일이 생겼을 때 서로 도와야 함을 이른다. 김을한은 이 부분을 '위급할 때 서로 돕기'라고 현대역을 해놓았다.

26. 나귀의 실수

한 사람이 나귀 하나 강아지 하나를 두었더니, 나귀가 본즉 강아지는 아무 재주도 없이 주인 앞에서 꼬리나 치고 뛰기나 하면서 좋은 음식을 얻어먹고 주인의 귀여움을 받거늘, 나귀 생각에,

'나도 강아지 하는 대로 하리라.'

하고, 하루는 그 주인 앞에 가서 꼬리를 저으며 강아지 숭내[44]를 내다가 주인의 웃는 것을 보고, 더 담대하여 주둥이를 주인의 귀에 대고 기운껏 한번 울고, 앞발을 주인 어깨에 얹고 뒷발은 주인 무릎 위에 놓으려 하거늘, 주인이 놀라 하인을 불러 채찍으로 때려 마구[45]로 몰아넣거늘, 나귀가 탄식하는 말이,

"저 맡은 직분은 버리고 남의 흉내만 내는 놈은 채찍이 미땅하다."

27. 질항아리와 주석항아리

한 번은 장마에 강물이 창일(漲溢)[46]하여 질항아리와 주석항아리가 떠나갈 새, 주석항아리가 질항아리를 보고,

"여보! 노형과 내가 동병상련(同病相憐)이니 우리 같이 갑시다."

질항아리가 대답하되,

---

44) 숭내: 흉내. 김을한은 이 부분을 '흉내'라고 현대역을 해놓았다.
45) 마구(馬廐): 마구간. 김을한은 이 부분을 '마굿간'이라고 현대역을 해놓았다.
46) 창일(漲溢): 물이 불어 넘침.

"말씀은 고맙소마는 노형과 내 성품이 달라서 서로 마주치면 내가 결딴[47]이니 따로 놉시다."
하더라.

● 조선 사람이 강한 나라 사람하고 동사(同事)하려면 이 질항아리 말을 생각하라.

28. 꼬리 없는 여우

여우 한 놈이 함정에 빠져 나오느라고 꼬리를 잃은지라. 남에게 웃음거리가 될 줄 알고 꾀를 내어 여러 여우 회중(會衆)[48]에 가서 연설할 새, 첫째는 꼬리가 쓸 데 없음을 말하고, 둘째는 여우 꼬리가 위생(衛生)에 방해됨을 말한 후, 다 꼬리를 베어버리자 한데, 회중이 당황하여 아무 말도 못하고 서로 보기만 하거늘, 그 중에 늙수그레한 여우가 나서서 말하되,

"나도 꼬리를 잃어버렸다면 저 친구같이 말하겠소마는, 꼬리가 있으니 아직 그대로 지내겠소."
하더라.

---

47) 결딴: 일이 어그러져 손을 쓸 수 없는 상황.
48) 회중(會衆): 많이 모여 있는 무리들.

29. 게걸음

어미 게가 새끼 게에게 걸음을 비뚜로 걷는다고 꾸짖거늘, 새끼 게가 대답하되,

"나는 어머니 하시는 대로 하니, 어머니가 바로 걸으시면 내 따라 가리라."

하더라.

30. 쇠 쓰는 줄과 뱀

하루는 뱀이 대장간에 들어가 사면으로 먹을 것을 찾다가 줄을 깨물려 하거늘[49] 줄이 웃으며,

"오냐! 잘 먹어라. 나는 본래 남을 쓸기나[50] 하고 보태지는 않는 성품이니 실컷 먹어 보아라."

하더라.

31. 운수(運數)

하루는 어린아이가 장난하다가 곤하여 우물 두덩에 드러누워 자

---

49) 김을한은 이 부분을 '깨물었기에'라고 고쳐 놓았다.
50) 쓸기나: 줄 따위로 문질러서 닳게 하기나.

더니, 운수가 지나가다가 보고 그 아이를 깨워 가로대,

"네 덕으로 살기는 살았다마는, 만일 우물에 **빠졌다면** 세상 사람들이 네 철없는 것은 말 않고 내 탓만 하였을 터이니 억울치 않느냐?"

하더라.

32. 금알 낳는 거위

한 사람이 거위 한 마리를 두었더니 매일 황금알 한 개씩 낳는지라. 탐심(貪心)[51]이 발동하여 거위 뱃속에 있는 금알을 한 번에 다 가질 욕심으로 거위를 잡아 배를 가르고 본즉, 아무 것도 없어 금알도 잃고 거위도 없애더라.

● 백성을 죽여 가며 재산을 한 번에 빼앗다가 필경 재물과 백성과 나라를 다 잃어버린 사람들도 적지 않다.

33. 개에게 물린 사람

한 사람이 개에게 물린지라. 어느 노파가 방문(方文)[52]을 가르치되, '떡 한 조각을 물린 데 문지르고 그 개를 먹이라.' 한데, 그리하였더니

---

51) 탐심(貪心): 탐욕스러운 마음.
52) 방문(方文): 처방책.

한 친구가 말하기를,

"여보게! 그 말 누구더러 말게. 사람 물고 떡 먹으면 어느 개가 사람 물지 않겠나?"

하더라.

34. 참나무와 나무꾼

하루는 나무꾼 하나가 큰 참나무 밭에 들어가 돌아다니더니, 늙은 참나무가 '무엇을 찾느냐?' 묻거늘, 도끼 자루 할 물푸레나무를 구한다고 한데, 참나무들이 의논하고 하나를 주었더니, 나무꾼이 도끼에 자루를 맞춘 후에 참나무를 하나씩 다 죽여 내는지라. 그 중 노성(老成)한 참나무가 탄식하되,

"권세 자루를 남의 손에 넣으면 나라도 망하는데, 참나무야 더 할 말 있나?"

하더라.

35. 말과 사람

말이 사슴과 싸워 이기지 못하매 사람을 와보고 원수를 갚아 달라 하거늘, 사람이 허락하고 말에게 안장을 짓고 재갈을 먹인 후 올라타고 사슴을 쫓아 잡은지라.

말이 그 은혜를 감사하고 안장과 재갈을 벗겨 달라고 청한대, 사람
이 말하되,

"네 원수를 갚아 주어서 네 권리를 존중케 하고 네 독립을 보호하
며 네 부강을 도모하였으니, 평생 내 종 노릇 해라."
하고 잡아매거늘, 말이 탄식하되,

"작은 원수를 갚으려다 큰 원수를 만났으니, 내가 독립 못한 탓이
라. 누구를 원망하리요?"
하더라.

36. 여우와 원숭이

산중대왕(山中大王) 사자가 죽으매 여러 짐승이 도회(都會)[53]하고
새 왕을 뽑을 새, 원숭이가 흉내도 잘 내고 나무에도 잘 오르고 꾀도
많다 하여 왕으로 뽑히매, 원숭이가 권리를 탐하여 다른 짐승들에게
교만하며 토색(討索)[54]이 자심(滋甚)[55]한지라.

여우가 분히 여기어 하루는 고기 한 덩이를 덫 속에 넣고 원숭이에
게 폐현(陛見)[56]을 청하여 재배(再拜)하고 아뢰되,

"신이 오다 보오니 고기 한 덩이가 저기 있사오니 대왕께서 거동
하시어 잡수시옵소서."

---

53) 도회(都會): 모두 모임.
54) 토색(討索): 돈이나 물건 따위를 억지로 빼앗음.
55) 자심(滋甚): 매우 심함.
56) 폐현(陛見): 윗사람을 만나는 일.

하거늘, 원숭이가 여우의 충성을 기뻐하여 대동당상(大同堂上)[57]을 시키고 훈장을 내린 후 그 고기 있는 곳으로 가서 앞발로 고기를 끌어내려 하다가 덫이 튕기며 원숭이 발이 잡힌지라. 그제야 여우의 간계(奸計)를 깨닫고 꾸짖으니, 여우가 웃으며,

"덫 놓은 것도 모르고 눈앞의 작은 이(利)만 탐하니, 너 같은 놈이 왕이 다 무엇이냐?"

하고 달아나더라.

37. 비둘기와 개미

하루는 개미가 목이 말라 강가에 가서 물을 먹다가 빠져 떠내려가거늘, 비둘기가 보고 가련히 여기어 나뭇가지를 물에 던져 개미가 타고 살아 나왔더니, 그 후에 포수가 그 비둘기를 잡으려고 총을 겨누거늘, 개미가 그 발뒤꿈치를 쏘아 겨냥을 잃게 하여 비둘기 은혜를 갚더라.

38. 생쥐 방울단다[58]

한 큰 집에 쥐 잘 잡는 고양이가 있어 쥐가 멸종할 지경이 된지라.

---

57) 대동당상(大同堂上): 선혜청(宣惠廳)의 제조(提調)를 이르는 말.
58) 김을한은 이 제목을 '생쥐와 방울'이라고 고쳐 놓았다.

쥐들이 비밀로 종회(宗會)를 부치고 그 고양이를 없이하거나 피할 도
리를 강구할 새 의논이 분분한 중에, 가장 어린 생쥐 하나가 나서서
회장을 부르고 동의하되,

"그 고양이 목에 방울을 달았으면 그놈이 꼼짝만 하여도 딸랑할
터이니, 우리는 때맞추어 피하는 것이 상책(上策)이겠소."

한데, 회중(會衆)이 대희하여 손뼉을 치며 갈채하거늘, 그 중에 늙은
쥐 한 마리가 수염을 쓰다듬으며 웃고 하는 말이,

"저 어린 친구의 계책이 좋기는 좋소마는, 누가 가서 고양이 목에
방울을 달는지 가실 이 있거든59) 손 드시오."

하매, 회중이 아무 말 못하고 다 헤어지더라.

39. 어리석은 하인

　한 마누라님이 첫닭이 울면 집안사람을 깨우는지라. 하인들이 단
잠을 못 자고 따뜻한 자리에서 일어나기를 싫어하여 그 닭을 없애
버렸더니, 마누라님이 시간을 알 수 없으매 늦을까 염려하여 반밤60)
만 지나면 하인을 깨우니, 하인들이 마지못하여 닭 한 마리를 사다
놓더라.

---

59) 김을한은 이 부분을 '자신이 있거든'이라고 고쳐 놓았다.
60) 반밤: 하룻밤의 반.

40. 외양간의 개

외양간에 꼴도 많고 죽도 많은데, 개가 드러누웠더니 소가 배가 고파 들어가 꼴을 좀 먹으려 한즉, 개가 짖고 못 먹게 하니 소가 꾸짖는 말이,

"이놈아! 너도 못 먹고 남도 못 먹게 하니 무슨 심사냐?"
하더라.

41. 차부(車夫)와 부처

한 차부(車夫)[61]가 진땅에 차를 몰고 가다가 바퀴가 흙에 박혀 움직이지 않는지라. 차부가 두 손을 부비며 관세음보살을 부르며 바퀴를 빼어주십사 빌고 섰거늘 부처가,

"이 무식한 백성아! 채찍으로 말을 치며 네 어깨를 바퀴에 대고 힘써 밀면 차가 떨어질 더인데 니만 부르고 섰으니, 너 할 일은 아니하면 누가 네 일을 보아 주겠느냐?"
하더라.

---

61) 차부(車夫): 마차(馬車)나 우차(牛車) 따위를 부리는 사람.

42. 땅속에 있는 재물

한 농부가 죽을 때에 그 아들 형제를 불러 유언하기를,

"내가 평생 절용(節用)[62]하여 모은 돈으로 황금 몇 덩이를 사서 너희들 주는 밭에 한 자쯤 깊이 파고 묻었으니 부지런히 잘 파보라."
하고 세상을 버린 후에, 그 아들들이 금덩이를 찾느라고 밭을 깊이 갈고 농사를 부지런히 히여 큰돈을 모은지라. 그세야 그 부친의 의사(意思)[63]를 깨닫고, 더욱 부지런히 농사하여 다 만석꾼이 되더라.

43. 시기와 욕심

하루는 욕심 많은 사람과 시기 많은 사람이 부처님 앞에 가서 각기 소원을 말하려 할 새, 부처님이 가로대,

"누구든지 먼저 말하는 자는 소원 성취할 것이오, 그 다음 말하는 자는 먼저 원한 자보다 곱절을 더 잘 되리라."
한데, 욕심 많은 사람은 무엇이든지 곱절 더 많이 얻으려고 먼저 말 않거늘, 시기 많은 자는 저 잘되는 것보다 남 잘못되는 것을 좋게 여기어 욕심 많은 자의 두 눈 멀기를 바라고 비는 말이,

"부처님! 나는 한 눈만 멀게 해 주소서."
하더라.

---

62) 절용(節用): 절약. 김을한은 이 부분을 '절약'이라고 현대역을 해놓았다.
63) 김을한은 이 부분을 '참뜻'이라고 고쳐 놓았다.

44. 새매와 농부

새매가 꿩을 쫓다가 조 밭에 쳐놓은 그물에 걸린지라. 농부께 애걸하는 말이,

"내 평생에 생원님께 해로운 일 한 바가 없으니 살려주시오."

하거늘, 농부가 웃으며 대답하되,

"그러면 꿩은 네게 무슨 해로운 일을 많이 하였기에 네가 잡으려고 쫓아 다니느냐?"

하더라.

45. 제비의 충고

제비가 세계 유람을 널리 하여 지식이 출중한지라. 하루는 농부가 노끈 꼬는 삼씨[麻種]를 심으려는 것을 보고 생각하니, 그 삼이 자라면 노끈이 되어 그물을 떠서 들에 있던 새들이 많이 잡힐 터이라. 제비가 그 동포를 사랑하는 마음으로 여러 새들을 모아 놓고 연설하되,

"저 삼이 자라면 우리 동포에게 큰 해가 될 터이니, 우리 가서 삼씨를 낱낱이 다 집어먹어 후환(後患)을 없이 하자."

하고 지성으로 권한데, 여러 새들이 웃으며 혹은 말하되,

"맛없는 삼씨 먹느니 다른 곡식 먹지."

하며, 혹은

"아무리 하기로 나야 잡힐까?"

하며 혹은,

"오활(迂闊)한[64] 소리 마라. 그런 짓 않고도 우리 사천 년이나 잘 살았다."

하고 혹은,

"애고! 나는 늙었으니 설마 내 생전(生前)에야 어떻겠냐?"

하고 제비 말을 듣지 않더니, 미구(未久)에 삼씨가 자라서 싹이 파릇 파릇 나는지라. 제비가 다시 새들께 연설하여 '아직도 늦지 않으니, 어린 싹을 모두 먹어 버리자.'고 하되, 새들이 듣지 않고 제비를 보고 '미쳤다.' 하며, '물정을 모른다.' 하며, '역적을 모의한다.' 하여 몽둥이 로 때려 쫓아서, 새 총중(叢中)[65]에 들지 못하게 하였더니, 몇 달 후에 그 삼이 무성하매 농부가 거두어 껍질을 벗기어 노끈을 꼬아 새 그물 을 떠서 새를 수없이 잡아 없이하니, 그제야 새들이 제비의 충고를 생각하고 듣지 아니함을 후회하더라.

● 후회도 않는 사람보다는 낫다.

46. 종달새의 지각(知覺)

종달새가 수수밭에 새끼를 두고, 날개 나기 전에 일꾼들이 와서 수수를 베어 갈까 염려하여, 먹을 것 구하러 나갈 때마다 새끼들에게

---

64) 오활(迂闊)한: 사리에 어둡고 세상 물정을 잘 모르는.
65) 총중(叢中): 무리 가운데.

당부하여 '밭 임자가 오거든 무슨 말 하나 자세히 들어 두라.' 하고 나가더니, 하루는 집에 돌아온즉 새끼들이 무서워서 벌벌 떨며,

"어머니! 어머니! 큰일 났소. 아까 밭 임자가 그 아들더러 '내일은 동네 사람들을 좀 청하여 수수를 베라.' 하니, 오늘 밤이라도 곧 이사합시다."

하거늘, 어미 새가 웃으며,

"걱정 말고 잠이나 자거라. 동네 사람을 청하려면 내일은 일 못한다."

하고, 그 이튿날 어미 새가 또 여전히 나갔더니, 일찍이 밭 임자가 밭에 와서 동네 사람을 기다려도 오지 않는지라, 그 아들더러 말하되,

"이것 보아라. 동네 사람이라고 믿을 수 있느냐? 내일은 우리 일가 (一家) 사람들을 좀 청하여 일좀 하여 달라자."

하고 가거늘, 서녁에 새 새끼들이 그 어미를 보고 밭 임자가 하던 말을 다하고 밤으로 떠나자고 조른데, 어미 새가 태연히 저녁을 먹으며 하는 말이,

"일가도 쓸 데 없느니라. 아무 염려 말고 내일 또 밭 임자의 말이나 잘 들어 두어라."

하고 그 이튿날 또 벌이하러 나갔더니, 밭 임자 부자가 와서 종일 기다려도 일가 사람 하나도 오지 않는지라. 밭 임자가 분하여 아들더러 이르되,

"동네 친구도 쓸 데 없고 일가 사람도 믿을 수 없으니, 내일은 낫 둘만 잘 갈아 가지고 나하고 너하고 둘이서 이 수수를 베어 버리자."

하고 가거늘, 어미 새가 돌아와 그 말을 듣고,

"어린 것들아! 이제는 우리가 이 밭을 떠나야 살겠다. 누구든지
제 일을 제가 하려 들면 다 되느니라."
하고 그 밝은 날 일찍이 다른 밭으로 이사하였더니, 과연 그날 밭
임자 부자가 수수를 다 베더라.

ㆍ 네 일을 잘하려거든 네가 하고, 잘못하려거든 남을 시켜라.

47. 여우와 신포도

하루는 여우가 길을 가다가 배가 고프던 차, 포도넝쿨에 포도송이
가 높은 데 늘어진 것을 보고 먹으려고 뛰어도 키가 자라지 않는지
라. 할 수 없어 가면서 하는 말이,
"못된 포도 같으니! 너같이 시고 떫은 포도를 누가 양반이 먹겠니?"
하더라.

48. 양과 늑대의 평화조약

늑대가 양을 잡아먹으려 하나 수직(守直)하는[66] 개가 무서워 마음
대로 못하더니, 한 번은 늑대가 특명전권공사(特命全權公使)[67]를 보내

---

66) 수직(守直): 건물이나 물건 따위를 맡아서 지킴.
67) 특명전권공사(特命全權公使): 특정한 사명을 띠고 일시적으로 특별히 파견되는
   전권 공사.

어 양들을 꾀어 가로대,

　　"우리가 본래 형제 같은 처지에 이와 입술같이[68] 서로 의지할 터인데 간흉(奸凶)한[69] 개들이 반간(反間)하여[70] 원수가 되었으니, 자금이후(自今以後)[71]로는 평화조약을 정하여 영원히 안녕을 보호하고 독립부강을 도모하되 볼모가 없으면 믿기가 어려우니, 그대네들은 개를 볼모 잡히고 우리는 새끼들을 볼모 잡히어 피차의 의심 없음을 표하자."

하거늘, 양들이 대희하여 외부대신 훈일 등을 보빙대사(報聘大使)[72]로 정하여 늑대 굴에 가서 평화조약을 맺은 후에 각기 볼모를 교환하였더니, 늑대가 개는 죽여 버리고 양더러 말하되,

　　"우리 새끼들의 우는 소리를 들은즉, 필경 너희가 학대함이니 약조를 배반하였다."

하고 양을 나 잡아먹더라.

49. 나귀의 지각(知覺)

　　나귀 한 놈이 소금 한 바리[73]를 지고 물을 건너다가 넘어져서 소금

---

68) 이와 입술같이: 순치(脣齒)같이. 입술과 이처럼 이해관계가 밀접한 둘 사이를 비유적으로 이르는 말.

69) 간흉(奸凶)한: 간사하고 흉악한.

70) 반간(反間)하여: 이간질하여.

71) 자금이후(自今以後): 지금으로부터 뒤로는. 김을한은 이 부분을 '지금 이후'라고 현대역을 해놓았다.

72) 보빙대사(報聘大使): 답례(答禮)로서 외국을 방문하는 대사(大使).

이 다 물에 풀려 없어지매 짐이 가벼워 매우 편한지라. 그 다음에 솜 한 바리를 싣고 물을 건널 때에 소금 바리 생각을 하고 진짓[74] 넘어졌더니, 솜에 물이 배어 몇 갑절이 더 무겁더라.

50. 토끼와 자라

토끼가 자라의 둔하고 재주 없는 것을 흉보고, 활 한 바탕[75]쯤 표 (標)를 세우고 누가 먼저 가나 내기할 새, 토끼가 깡충깡충 뛰어가다 돌아보니 자라가 꿈질꿈질하고 오지 못하거늘, 토끼가 깔깔 웃으며,

"그렇게 걷다가는 백 날 하여도 못 오겠다. 나는 한잠 자고 가겠다."

하고 소나무 밑에서 누워 잘 동안에 자라는 쉬지도 않고 바쁘지도 않게 제 걸음대로 가더니, 토끼가 잠을 깨어 본즉, 자라가 벌써 표 세운데 가서 담배 먹고 앉았더라.

51. 여우와 평화 담판

하루는 여우가 먹을 것을 찾아다니다가 수탉 한 마리가 나무 위에 앉은 것을 보고, 욕심이 동(動)하여 쳐다보고 웃으며,

---

73) 바리: 말이나 소 등에 실은 짐을 세는 단위.
74) 진짓: 일부러. 김을한은 이 부분을 '일부러'라고 현대역을 해놓았다.
75) 한 바탕: 길이의 단위. 한 바탕은 활을 쏘아 살이 미치는 거리 정도의 길이.

"여보게! 동생님 내려오게. 여러 짐승들이 만국평화회(萬國平和會)를 꾸미고, 싸움도 않고 서로 잡아먹지도 않기로 정하였으니, 자네와 나도 이제는 형제와 같으니 내려와 서로 인사하고 지내세그려."

수탉이 깔깔 웃고 먼 데를 한참 보더니,

"저기 사냥개 한 떼가 오니 아마 평화회에 참여하고 자네 보려 오나 보이."

여우가 얼굴이 노래지며,

"아, 그런가? 내가 좀 바빠 볼 일 있어 곧 가야겠네."

하고 꼬리가 빠지게 달아나더라.

52. 개미와 메뚜기

메뚜기가 여름에 소리나 하고 놀고먹다가 겨울이 되매, 기한(飢寒)[76]이 자심(滋甚)하여[77] 동네 사는 개미를 가서 보고 양식을 구걸하되, '몇 달만 지내면 장리(長利)[78]로 갚으마.' 한데, 개미가 묻는 말이,

"여름내 무엇을 하였기에 겨울 양식도 못 장만하였나?"

"밤낮 노래하고 지냈네."

"그러면 가서 춤이나 추게."

---

76) 기한(飢寒): 굶주리고 헐벗어 배고프고 추움. 김을한은 이 부분을 '걱정'이라고 고쳐 놓았다.
77) 자심(滋甚)하여: 더욱 심하여. 김을한은 이 부분을 '태산 같아'라고 고쳐 놓았다.
78) 장리(長利): 돈이나 곡식을 꾸어 주고, 받을 때에는 한 해 이자로 원 곡식의 절반 이상을 받는 변리(邊利).

하더라.

53. 촌사람의 변덕

한 촌사람이 송아지 한 마리를 잃고 사면(四面)으로 찾아도 없거늘, 산신께 빌되 '송아지 훔쳐 간 도적놈만 찾게 하면 돼지 한 마리로 고사 지내마.' 하였더니, 몇 걸음 가지 아니하여 본즉, 큰 호랑이가 그 송아지를 방장(方將)⁷⁹⁾ 먹고 앉았거늘, 촌사람이 혼이 나서 다시 빌되,

"산신님! 산신님! 아까는 송아지 도적놈을 찾게 하시면 돼지 한 마리를 드리마 하였으나, 지금은 도적놈 눈에 띄지만 않게 하시면 황소 한 마리를 드리오리다."
하더라.

54. 농부와 운수(運數)

한 농부가 밭을 갈다가 금 한 덩이를 얻어 가지고 기쁨을 이기지 못하여 그 금덩이를 보고 무한(無限) 감사하거늘, 운수(運數)가 그 농부더러 말하되,

---

79) 방장(方將): 방금. 김을한은 이 부분을 '방금'이라고 현대역을 해놓았다.

"왜 그 금덩이만 고맙다 하고 내 생각은 아니하느냐? 만일 금덩이를 잃었다면 내 탓 먼저 하였겠지."
하더라.

55. 양과 개

양들이 하루는 수직(守直)하는[80] 개를 보고 칭원(稱冤)[81]하기를,
"우리는 연연(年年)이[82] 털을 깎아 쓰고 잡어먹으면서 먹이기는 풀만 먹이고, 개는 털도 쓸 데 없고 고기도 못 먹음에 귀여움도 받고 먹기도 잘하니, 이런 고르지 못한 일이 어디 있나?"
한데, 개가 웃으며,
"네 모르는 소리 마라. 내가 밤낮 너희들을 보호 아니 하면 늑대와 도저놈이 모두 잡아갈 터이니 그때는 풀도 못 먹으리라."
하더라.

56. 여우와 나귀

나귀 한 놈이 사자 가죽을 쓰고 산중(山中)으로 돌아다니매, 여러

---

80) 김을한은 이 부분을 '파수보는'이라고 고쳐 놓았다.
81) 칭원(稱冤): 원통함을 말함. 김을한은 이 부분을 '불평'이라고 고쳐 놓았다.
82) 연연(年年)이: 해마다. 김을한은 이 부분을 '해마다'라고 현대역을 해놓았다.

짐승들이 보고 달아나거늘, 나귀가 기뻐하여 여우를 보고 소리를 지른데, 여우가 처음에는 놀랐다가 소리를 듣고 박장대소(拍掌大笑)[83] 하며 하는 말이,

"이 못생긴 놈아! 사자 껍질을 썼거든 입이나 다물고 있지, 누구들처럼 무엇이니 무엇이니 하고 남의 위엄으로 의기양양하니 너도 그 따위로구나!"

하더라.

57. 여우와 수탉

하루는 여우가 닭을 잡아먹으러 가다가 덫에 치인지라. 수탉을 보고 억지로 웃으며,

"아우님! 이것 보게. 자네 보러 오다가 이 지경을 당하였으니, 자네가 살려주어야 아니하겠나? 가서 막대 하나만 갖다가 덫을 받치면 내가 나가서 자네 은혜를 평생 잊지 않겠네."

수탉이 대답하되,

"세(勢) 좋으면 잡아먹고 위태하면 의형제니, 너 같은 소인은 살려서 무엇하리?"

하더라.

---

83) 박장대소(拍掌大笑): 손뼉을 치며 크게 웃음.

58. 점쟁이

한 점쟁이가 길가에 앉아서 점치고 관상(觀相)하고 사주(四柱) 보아 생애(生涯)하더니, 하루는 어떤 소년 하나가 황급히 와서 '점쟁이 집에 불이 났다.' 한데, 점쟁이가 창황(蒼黃)히[84] 달려가 본즉, 집에 불 난 일이 없거늘, 그 소년의 허무함[85]을 책망하니 소년이 웃으며,

"내 집 일도 모르면서 남의 일을 안다고 점치느냐?"

하고 가더라.

59. 혓바닥 잔치

한 부자가 청지기[86]를 불러,

"오늘 여러 손님이 올 디이니 돈 아끼지 말고 제일 좋은 음식으로 잔치를 차리라."

하였더니, 상 들인 후 본즉, 만반진수(滿盤珍羞)[87]를 다 각색 짐승의 혀로 만든지라. 주인이 디노(大怒)하여 정시기를 걱정하되,

"혓바닥이 제일 좋은 음식이냐?"

한데, 청지기가 대답하되,

---

84) 창황(蒼黃): 너무 급해서 어찌할 바를 모름. 창황망조(蒼黃罔措)의 준말. 김을한은 이 부분을 '급히'라고 고쳐 놓았다.

85) 김을한은 이 부분을 '거짓말'이라고 고쳐 놓았다.

86) 청지기: 양반집에서 잡일을 맡아보거나 시중을 들던 사람.

87) 만반진수(滿盤珍羞): 상 위에 가득히 차린 귀하고 맛있는 음식. 진수성찬(珍羞盛饌). 김을한은 이 부분을 '진수성찬'이라고 고쳐 놓았다.

"혀라 하는 것은 지식과 학문을 발달하는 기관이요, 천하의 크고 좋은 일이 혀로 말미암지 않는 것이 없으니, 혀보다 더 좋은 물건이 없나이다."

여러 손님들이 청지기의 지각(知覺)을 칭찬하거늘, 주인이 다시 분부허되,

"혀가 네 마음에 제일 상등(上等) 음식이라 하니, 내일은 네 마음에 제일 하등(下等) 음식으로 잔치를 차리라."

하고 손님을 청하였더니, 그 이튿날도 또 각색[88] 짐승의 혀로 상을 차려온지라. 주인이 더욱 분하여 청지기를 꾸짖어 왈(曰),

"어제는 혀가 가장 상등 음식이라고 하더니 오늘은 제일 하등[89] 음식이라고 하니, 네 감히 나를 희롱하느냐?"

하고 청지기를 잡아 가두라 한데, 청지기가 말하되,

"죄는 당하더라도 한 말씀이나 아뢰겠습니다."

한데, 손님들이 주인을 권하여 허락하니, 청지기 말이,

"세상에 그른 일마다 혀가 상관 않는 일이 어디 있으리까? 적으면 패가망신(敗家亡身)과 크면 나라를 결딴내는 것이 다 혀의 조화이니 혀보다 더 못된 음식은 없나이다."

하거늘, 만당(滿堂)[90] 빈객(賓客)이 청지기의 의사(意思)[91]를 기특히 여기어 주인을 권하여 잔치 잘못 차린 죄를 용서케 하더라.

---

88) 김을한은 이 부분을 '여러 가지'라고 고쳐 놓았다.
89) 김을한은 이 부분을 '나쁜'이라고 고쳐 놓았다.
90) 김을한은 이 부분을 '여러'라고 고쳐 놓았다.
91) 김을한은 이 부분을 '말'이라고 고쳐 놓았다.

60. 박쥐

하루는 족제비가 박쥐를 잡아먹으려 한데 박쥐가 살려 달라 애걸하니, 족제비 말이 '새를 약에 쓸 터인즉 놓을 수 없다.' 하거늘, 박쥐가 대답하되,

"내 몸을 보면 쥐가 분명하고 새가 아니라."

한데, 족제비가 그리 알고 놓아주었더니, 며칠 후에 고양이가 그 박쥐를 잡아 쥐로 알고 먹으려 한데, 박쥐가 소리 질러 하는 말이,

"세상에 쥐도 날개가 있더냐? 상관없는 데에 애매한 새를 죽이지 마라."

하니, 고양이가 옳게 여기어 살려 보내더라.

61. 농부와 법학사(法學士)

한 농부가 한 법률학사(法律學士)를 가 보고 하는 말이,

"오늘 아침에 내 소가 댁(宅) 소를 받아 죽였으니 그런 가여울 데가 있소. 어찌하면 좋겠소?"

법: "그야 다시 두말할 것 있소? 댁 소가 내 소를 죽였으니, 죽은 소 대신 그와 같은 소를 당장 물어놓으시오."

농부: "그 이를[92] 말씀이오, 아차! 그러나 내가 잠깐 잊었소. 내 소가 댁의 소를 받은 것이 아니라, 댁의 소가 내 소를 죽였으

---

92) 이를: 무엇이라고 말할. 김을한은 이 부분을 '일을'이라고 해놓았다.

      니 어찌하나요?”

  법학사가 기침을 하면서,

  “그야. 사실이면 보아서 만일……..”

  농부: “여보! 댁 소가 죽었다 할 때는 ‘사실’도 없고 ‘만일’도 없이
          물어 놓으라 합디다그려. 두 말 말고 내 소 물어 놓으시오.”

하니, 법률학사가 아무 말도 못하더라.

62. 이소푸[93]의 지식

  이소푸가 남의 종으로 있을 때에, 하루는 그 주인이 이소푸를 목욕
집에 보내어 사람 유무(有無)를 알고 오라 하였더니, 이소푸가 가보
니 목욕 집 문 앞에 큰 돌 하나가 있어 출입하는 사람이 많이 그
돌에 걸려 넘어지되 다 모르는 체하더니, 그 중에 한 사람이 그 돌을
굴려 걸리지 않을 데로 치워 놓거늘, 이소푸가 그 주인께 와서,

  “목욕 집에 사람 하나밖에는 없습디다.”

한데, 주인이 곧이듣고 곧 가보니 목욕 집에 사람이 가득한지라.

  주인이 이소푸를 꾸짖어 왈,

  “이 많은 사람을 보고 와서 하나밖에 없다 함은 어쩐 일이뇨?”

  이소푸가 대답하되,

  “아까 본즉 목욕 집 문 앞에 돌 하나가 되어[94] 들고 나는 손님이

---

93) 이소푸: 이솝(Aesop)의 가차(假借) 표기. 이솝은 기원전 6세기 중간쯤에 살았던
    인물. 김을한은 이 부분을 ‘이솝’이라고 고쳐 놓았다.

많이 넘어지되 그 돌을 치우는 자가 없더니, 다만 한 손님이 그 돌을 없이할 지각이 있으니, 그밖에는 사람이 없다 하였나이다."
하더라.

63. 체증과 거미

염라대왕이 형제를 두었으니, 하나는 체증(滯症)[95])이오, 하나는 거미라. 인간[96])에 내보낼 때 각기 그 소원을 물은데, 체증이 말하되,
"부자와 귀인들은 고대광실(高臺廣室)[97])에 살 살고 의원(醫員)도 많고 약도 흔한즉, 나를 편히 붙여 두지 아니할 터이니, 나는 시골 의원도 없고 약도 없는 촌가(村家)에 농부의 집으로 보내 주소서."
한데, 거미는,
"나는 좋은 대궐로 보내시면 널찍한데 내 마음대로 줄을 치고 집을 짓겠나이다."
하거늘, 염라대왕이 그 소원대로 보내었더니, 거미는 대궐 안의 그중 좋은 침방에 들어가 줄을 쳤더니, 아침마다 하인들이 들어와서 비로 사면(四面) 구석을 쓸어 거미줄이 잠시도 용납할 수 없고, 또 체증은 농부의 집에 가서 살려 하나 농부가 날마다 일찍 자고 일찍 일어나

---

94) 되어: '있어'의 오기(誤記).
95) 체증(滯症): 체하여 소화(消化)가 안 되는 증세(症勢).
96) 김을한은 이 부분을 '세상'이라고 고쳐 놓았다.
97) 고대광실(高臺廣室): 매우 크고 좋은 집.

논과 밭과 산으로 종일 쉬지 않고 일하매, 음식이 잘 소화되어 체증이 틈을 낼 길이 없는지라. 체증과 거미가 다시 의논하고 거처(居處)를 바꾸어 체증은 고량진미(膏粱珍味)에 젖은 귀인(貴人)의 집으로 가서 있으되 의원과 약이 감히 쫓지 못하고, 거미는 구차(苟且)한 농부의 집에 가서 욕심대로 줄을 치되 떨어내는 자가 없더라.

64. 생쥐와 고양이

생쥐가 구멍을 떠나 세상 구경을 나갔다가 돌아와서 어미 쥐다려,

"어머니! 오늘 좋은 구경 많이 하였소. 두 짐승을 보았는데 하나는 털이 곱기가 비단 같고 목소리가 나긋나긋한 것이 노르스름한 눈을 내려 감고 모양이 점잖고 온순하되, 한 놈은 턱 밑과 대강이[98]에 붉은 살점이 뒤룩뒤룩하며 활개를 치고 소리를 어찌 몹시 지르는지 내가 그만 혼이 나서 오느라고 그 털 고운 짐승과 인사도 못해서 분해 못 견디겠소."

어미 쥐: "이 철없는 자식아! 지각없는 소리 마라. 그 날개치고 소리 지르던 것은 이름이 수탉이라. 외모는 흉해도 마음은 착하여 우리와 평생 시비(是非)[99]가 없으되, 그 얌전하고 눈 내려 감고 있던 놈은 고양이라, 겉은 공순(恭順)[100]하

---

98) 김을한은 이 부분을 '머리'라고 현대역을 해놓았다.
99) 시비(是非): 옳고 그름을 따지는 말다툼.
100) 김을한은 이 부분을 '공손'이라 고쳐 놓았다.

나 속은 간흉(奸凶)하여 네가 옆에만 갔다면 죽었을 터이니, 부대[101] 외모로 친구 사귀지 마라.”

하더라.

65. 장사(壯士)와 시비(是非)

한 장사(壯士)가 길을 가는데 조그마하고 이상한 짐승 하나가 덤비거늘 장사가 철퇴를 빼어 힘껏 때리매, 딩징 죽을 줄 알았더니 그 짐승이 삼 배나 더 커지고 더 무섭게 덤비는지라. 장사가 더욱 분하여 용맹을 뽐내어 친즉, 그 짐승이 점점 커지며 나중에는 산덩이같이 길을 가로막는지라. 장사가 힘은 지치고 분은 디하여 어씨할지 모르더니, 한 노인이 지나다 보고,

“여보! 이 소년. 그 짐승의 이름은 시비(是非)라. 건드리면 커지고 가만 두면 줄어지는 것이니, 헛애[102] 쓰지 말고 모르는 체하면 저절로 없어지리라.”

하더리.

---

101) 부대: 부디. 김을한은 이 부분을 ‘부디’라고 현대역을 해놓았다.
102) 헛애: 아무 보람 없이 쓰는 애.

66. 이소푸와 바닷물

이소푸의 주인이 친구들과 선유(船遊)[103]할 새, 술에 대취(大醉)하여[104] 농담하다가 한 친구가,

"자네 술을 그렇게 잘 먹으니, 이 바닷물 다 먹겠나?"

주인: "다 먹지. 못 다 먹으면 가대전답(家垈田畓)[105]을 다 자네 줄 터이오. 다 먹으면 자네 가대 전답을 나 주려나?"

친구는 "그리 하세" 하고, 여러 증인(證人) 앞에서 둘이 약조한 후 반지를 바꾸어 맹세하고 헤어졌더니, 그 이튿날 주인이 술이 깨어 본즉 반지가 다른지라. 괴히 여기어 이소푸다려 물은데, 이소푸가 작일(昨日)[106]에 약조한 말을 다하니, 주인이 황급하여 계교를 물은데 이소푸의 말이,

"약조는 어길 수 없으나 면할 도리는 있으니 내 말대로 하소서."

하고 계교를 작정한 후에 바닷가에 나가니, 내기할 사람과 구경꾼이 구름같이 모인지라. 이소푸가 해변에 큰 상을 놓고 상 위에 대접을 놓고 하인들이 국자를 가지고 돌아서서 바닷물을 떠내기로 차리며, 주인은 상 앞에 가서 대접을 들고 바닷물을 먹으려 하니, 보는 사람들이 이상히 여기어[107] 주인이 미친 사람으로 생각하여 혹 불쌍히 여기며, 혹 조롱도 하거늘 주인이 한 손에 바닷물을 떠서 들고 먹으

---

103) 선유(船遊): 뱃놀이.
104) 김을한은 이 부분을 '많이 취하여'라고 현대역을 해놓았다.
105) 가대전답(家垈田畓): 집터와 그에 딸린 논밭, 산림 따위를 통틀어 이르는 말.
106) 작일(昨日): 어제. 김을한은 이 부분을 '어제'라고 현대역을 해놓았다.
107) 여기어: '여기고'의 오기(誤記).

려다가 다시 생각하더니 그 내기한 친구다려,

"우리 약조는 이 바닷물을 내가 다 먹으마 하였고, 강물과 냇물 먹자는 약속은 없으니, 각처에서 모여 들어오는 강과 냇물을 자네가 먹어 버리든지 다른 데로 보내 버리면, 내 이 바다를 금방 다 먹음세."

하니, 여러 사람이 그 말의 재주 있음을 칭찬하고 약조를 파하더라.

67. 사자의 흉계(凶計)

본래 사자의 외모는 영특하여 위풍(威風)이 늠름하나 힘은 없어 다른 짐승들과 평교(平交)[108]로 지내더니 산중왕(山中王)[109]이 된 후에 여러 짐승을 모아 놓고 말하뇌,

"여러분의 덕으로 내가 산중왕이 되었으나, 기운이 없으면 내 동포 형제들을 보호하고 명령할 수 없으니, 여러분이 각기 힘을 조금씩만 덜어 주면 내 그 힘을 가지고 백성의 행복을 도모하여 조금이라도 여러분의 호의를 저버리지 아니하리다."

하거늘, 개와 돼지는 성질이 비루하고 양과 염소와 나귀는 소견이 없는지라. 돼지가 총대(總代)[110]로 나서서,

"대왕님 처분이 지당하외다. 임금은 하늘이오, 백성은 땅이라. 군

---

108) 평교(平交): 나이가 서로 비슷한 사람끼리 사귐. 또는 그런 벗.
109) 산중왕(山中王): 산속의 왕이라는 뜻. 대개 '호랑이'를 이르는 말이지만, 여기서는 사자를 일컫는 말로 쓰였음.
110) 총대(總代): 전체를 대표하는 사람.

명(君命)을 어기는 백성이 어디 있으리까? 우선 신 등의 힘을 반씩
대왕께 바치나이다."

하니, 여러 짐승들이 손뼉을 치며 돼지의 충성을 탄식하는 중 코끼리
가 말하되,

"대왕이 덕을 주장하고 힘을 구할 것이 아니오, 사자의 힘이 다른
짐승보다 십백 배가 더 되는 날은 아무도 마음 놓고 잘 수 없을 터이
니 나는 돼지씨의 의견을 반대하오."

이 말을 듣고 당나귀가 유건도포(儒巾道袍)[111]를 정제히 하고 소리
를 벽력같이 질러 말하되,

"아니오. 사자 대왕께 힘을 십백 배 드리고도 날마다『맹자(孟子)』
를 외어 드리어, 짐승 하나를 죽이려 하여도 국민이 다 가(可)타 한
연후에 죽이고, 짐승 하나를 쓰려 하여도 국민이 다 좋다 한 연후에
써서[112] 일동일정(一動一靜)[113]을 맹자 말씀대로만 하면 사자 대왕의
기운이 백만 배 되기로 백성이 무서울 것이 무엇이오?"

한데, 여러 짐승이 나귀 소리에 놀라고 또 그 충성과 학행(學行)과
도포의 유건을 감탄하며, 사자는 속으로 기뻐하여 돼지는 꿀꿀원경
겸 귀족관 대제학 돈충공(豚忠公)을 봉하고, 나귀는 팔삭관 대사성
나팔원 대총재 장의대장을 시키고, 호박꽃 대수장을 주고 월급은 매

---

111) 유건도포(儒巾道袍): 검은 베로 만든 유생의 예관(禮冠)과 예전에, 통상 예복으
    로 입던 남자의 겉옷. 소매가 넓고 등 뒤에는 딴 폭을 댄다.
112) 『맹자(孟子)』·「양혜왕(梁惠王)」 하(下), 7장에 본문의 내용과 관련된 인재의
    등용과 해임, 죄를 집행하는 기준이 나온다. 본문은 이를 응용하여 짐승의 경우를
    들었다.
113) 일동일정(一動一靜): 하나하나의 동정. 또는 모든 동작.

월 꼴 한 몫씩 차하(差下)[114]하니, 다른 짐승들이 돼지와 당나귀의 부귀(富貴)함을 보고 벼슬할 욕심이 발동(發動)하여, 각기 제 힘 반씩 혹은 십분지구(十分之九)씩 바치니, 사자의 용맹이 졸지에 여러 짐승보다 십백 배가 더한지라. 기탄(忌憚)할[115] 바가 없음에, 곧 그 자리에서 양과 개와 돼지를 마음대로 잡아먹고, 나귀는 저녁밥으로 잡으려 한데, 나귀가 맹자 말씀을 외기를,

"국인(國人)이 개왈(皆曰) 가살(可殺)이 아니면 못 죽이나이다."[116]

하니, 사자가 깔깔 웃으며,

"이놈아! 맹자 말씀을 자세히 본즉 가부(可否)라 하는 권(權)[117]은 국인에게 있으나, 살펴본 후에 행하고 안키는 내게 있으니, 국인은 다 너를 죽이지 말라 하나 내가 내 뱃속을 살펴본즉 너를 먹어야 배가 부르겠다!"

하고 잡아먹거늘, 코끼리가 탄식하되,

"여러 짐승이 사자의 어육(魚肉)이 됨은 나귀가 글 잘못 읽은 탓이라."

하고 산중으로 가더라.

---

114) 차하(差下): 벼슬 따위를 내림.

115) 기탄(忌憚)할: 어렵게 여겨 꺼릴.

116) 국민이 개왈(皆曰) 가살(可殺)이 아니면 못 죽이나이다: 나라 사람들 모두가 죽여야 한다는 말로, 인재의 등용과 처벌은 백성들의 의견을 수렴해서 신중하게 해야 한다는 것이다. 『맹자(孟子)』·「양혜왕(梁惠王)」하(下), 7장.

117) 김을한은 이 부분을 '권리'라고 고쳐 놓았다.

68. 말의 성명(姓名)

하루는 여우가 말을 처음 보고 이상히 여기어 늑대를 찾아보고 꾀되,

"그 놈을 보니 다리는 설멍하니[118] 아주 못생겼는데, 우리 가서 잡아 먹세."

늑대가 기뻐하여 같이 가서 본즉, 말은 조금도 아는 체 않고 풀만 뜯어먹거늘, 여우가,

"여보! 이 양반 어느 댁이시오? 우리 인사합세다."

말: "예, 좋은 말씀이오. 내 성명을 내 뒷발에 써 가지고 다니니 와 보시오."

여우: "우리 부모가 가난하여 나를『천자(千字)』[119] 한 권도 못 가르쳤으니, 댁 발 보기로 알 수 있소마는, 여기 이 친구 늑대씨는 화족(華族)[120]에 글 잘하기로 유명하여 마록관(馬鹿官) 대제학까지 하였으니 댁 발을 보이시오."

한데, 늑대가 여우의 칭찬을 기뻐하여 말 뒤로 가서 성명(姓名)을 보려 한즉, 말이 뒷굽을 보기 좋게 들었다가 늑대 주둥이를 기운 있게[121] 한 번 차니, 늑대의 턱이 깨져 땅에 자빠져 정신을 차리지 못하거늘, 여우가 웃고 돌아서며 하는 말이,

"화족(華族)이 말 족(足)만 못하구나!"

---

118) 설멍하니: 아랫도리가 가늘고 어울리지 않게 기니.
119) 천자(千字): 천자문(千字文).
120) 화족(華族): 지체가 높은 사람, 나라에 공훈이 있는 사람의 집안이나 자손들.
121) 김을한은 이 부분을 '힘껏'이라고 고쳐 놓았다.

하더라.

69. 노인과 당나귀

한 노인이 어린 아들을 데리고 나귀를 팔러 장(場)[122)에 갈 새, 한 행인이 보고,

"이 지각없는 노인아! 어린아이는 걸리고 나귀는 빈 몸으로 가게 하니, 그래 아들이 나귀만 못하단 말이오?"

노인이 곧 그 아들을 태우고 뒤따라가더니, 그 다음 행인이 보고 욕하는 말이,

"젊은 놈은 타고 노인은 걸으니, 어린놈이 호래자식[123)이로고!"

노인이 그 아들을 내리고 자기가 타고 가다가 여인 둘이 보고 손가락질히며,

"저 도척(盜跖)이[124) 같은 노인 보아라. 자가(自家)는[125) 타고 어린 아이는 걸리니, 수염 값이나 좀 하지."

노인이 그 아이를 뒤에 올려놓고 둘이 타고 가더니, 한 행인이 '그 나귀가 남의 것이냐?' 묻거늘, 노인이 '자가의 나귀라.' 한데 행인이

---

122) 장(場): 장터.
123) 호래자식: 배운 것 없이 막되게 자라 교양이나 버릇이 없는 사람을 일컫는 말.
124) 도척(盜跖): 중국 춘추 시대의 큰 도적. 현인(賢人) 유하혜(柳下惠)의 아우로, 도적 수천 명을 거느리고 천하를 횡행하였다고 한다. 악인(惡人)을 비유적으로 이르는 말.
125) 자가(自家)는: 자기 자체. 김을한은 이 부분을 '자기는'이라고 고쳐 놓았다.

깔깔 웃으며,

"댁이 그 나귀에게 하도 몹시 굴기에 남의 것인 줄 알았소. 나귀 꼴을 보니 둘이 타고 가느니, 메고 가는 것이 낫겠소.[126)]"

노인이 그제는 나귀 네 족(足)을 잡아매어 장대로 꿰어 아들과 둘이 메고 장으로 갔더니, 장꾼들이 보고 어찌 웃고 조롱하는지 그 노인이 부끄럽고 분하여 아들과 나귀를 데리고 집에 와서 탄식하되,

"남의 뜻만 맞추려다가 내 일만 낭패하였다."

하더라.

70. 황새와 붕어

한 늙은 황새가 눈이 어두워 물 속을 잘 보지 못하여 고기를 잡을 수 없는지라. 하루는 방죽가[127)]에 앉아서 생각하더니 붕어 한 마리가 물 위에 솟아 다니거늘, 황새가 다정히 인사하되,

"부참봉(鮒參奉)[128)] 평안하시오?"

부(鮒): "댁은 요사이 관보(官報)도 못 보시오? 내가 직각(直閣)[129)] 벼슬한 지가 벌써 며칠이오?"

---

126) 김을한은 이 문장을 삭제하였다.
127) 방죽: 물이 밀려들어 오는 것을 막기 위하여 쌓은 둑의 주변.
128) 부참봉(鮒參奉): 곧 붕어로 참봉 벼슬을 하는 이를 가리켜 일컫는 말. 참봉(參奉)은 조선 시대에 능(陵)이나 원(園) 또는 종친부·돈령부 등에 딸렸던 종9품의 벼슬.
129) 직각(直閣): 조선의 관직. 규장각 소속으로 정3품에서 종6품까지 있었다.

황: "내 몰랐소그려! 치하(致賀)좀 합시다. 그러나 안된 일 있소.
어제 내가 여기 섰노라니, 방죽 주인이 어느 친구와 이야기하
는데, 이 보름 안으로 이 방죽을 다 치우고 고기를 잡겠다 합
디다."

붕어가 그 말을 듣고 급히 물 속으로 들어가 어족종회(魚族宗會)를
모으고 황새의 말을 반포하니, 종회에서 부직각(鮒直閣)을 황새에게
대표로 보내어 고기 사회(社會)를 보전할 방침을 물은데, 황새가 흔
연히 대답하되,

"자, 좋은 수가 있소! 저 신 밑에 내가 여름이면 끼서하려고 만늘어
둔 언못이 있으니, 붕어국 팔백 만 동포를 내 입으로 하나씩 모셔다
가 그 연못에 놓고 여러분의 편안함을 보호하여 드리리다."
한데, 붕어들이 황새어 의기(義氣)[130]외 은혜를 김사하어 그 말내로
하였더니, 황새가 고기들을 물어다가 얕은 못에 넣어 두고 날마다
마음대로 잡아먹더라.

71. 짐승의 재판

한 번은 산짐승 중에 몹쓸 병이 퍼져서 많이 죽는지라. 여러 짐승
들이 회의하고 택일(擇日)하여 각기 지은 죄를 자복(自服)[131]하여 그
중 큰 죄 지은 자를 골라 죽이어 산신(山神)의 노여움을 풀자 하여

---

130) 김을한은 이 부분을 '의도'라고 고쳐 놓았다.
131) 자복(自服): 스스로 저지른 죄를 고백함.

여우로 재판관을 삼아 여러 짐승의 공초(供招)[132]를 받을 새, 사자가 먼저 말하되,

"내가 무죄한 양과 개를 많이 죽이고 또 하루는 배가 어찌 고픈지 양 보는 사람까지 잡아먹었으니, 내 죄가 대단히 크지마는 나는 산중 왕(山中王)이니 알아 하시오."

여우가 웃으며 공손히 말하되,

"황송하외다. 대왕님이야 못 생긴 양 마리나 잡수셨든지, 살인(殺人)을 좀 하셨든지 무슨 죄가 되오리까?"

하니, 여러 짐승이 여우의 충직함을 감탄하는지라.

그 다음에는 호랑이·늑대·곰·표범이 차례대로 살생한 죄를 자복하매, 여우가 다 좋은 말로 무죄방면(無罪放免)[133]으로 선고(宣告)[134]하거늘, 당나귀가 눈물을 흘리며 자복하되,

"나는 누구를 해친 일은 없으나, 하루는 길 가다가 배는 고프고 먹을 것은 없어 억지로 참다못하여 절 앞에 있는 풀을 두어 잎사귀 뜯어 먹었으니 용서 하······"

말을 마치기 전에 여우가 눈을 부릅뜨며 소리를 질러 벽력같이 호령하기를,

"용서? 이놈! 용서? 부처님 계신 절 앞에 있는 풀을 먹다니, 그런 천지간(天地間)의 대죄(大罪)를 범하고 용서가 다 무엇이냐! 너 같은 큰 죄인을 죽여야 산신(山神)의 노여움을 풀고 여러 짐승의 청백(淸

---

132) 공초(供招): 죄인이 범죄 사실을 진술하는 일.
133) 무죄방면(無罪放免): 피고인이 무죄 판결을 받고 석방되는 일.
134) 선고(宣告): 선언하여 널리 알림.

白)[135]한 명예를 손상치 않겠다."

하고 곧 나귀를 잡아 산신께 고사지내고 고기는 먹어 버리니, 재판관의 지공무사(至公無私)[136]한 송성(頌聲)[137]이 산중에 가득하더라.

● 작은 도적질 하면 징역(懲役)[138]이요 큰 도적질 하면 부귀

---

135) 청백(淸白): 재물에 대한 욕심이 없이 곧고 깨끗한.
136) 지공무사(至公無私): 지극히 공정하여 사사로움이 없음.
137) 송성(頌聲): 공덕을 기리어 말하는 소리.
138) 김을한은 이 부분을 '중죄인'이라고 고쳐 놓았다.

〈부록〉『우순소리』의 내용 요약*

번호	제목	내용 요약	윤치호의 촌평
1	굴 송사	두 사람이 해변을 걷다가 굴 하나를 얻는다. 둘은 굴을 두고, 누가 먼저 먹을지를 다툰다. 이에 행인에게 판결을 부탁하지만, 굴은 행인이 먹고 나머지 두 사람에게는 껍데기만을 남겨주고 간다.	사화하여 반 엇는 것이 송사하야 다 일넌 것보다 낫다.
2	외양치례	여우가 사람들이 모여서 화반석으로 만든 인형에 대해 칭찬하는 것을 보면서, 외모는 비록 좋지만 속이 없다는 말을 하며 떠난다.	당세 부귀 대신들을 보면 이 여호가 무엇이라 할지.
3	고양이와 원숭이	고양이와 원숭이가 함께 살았다. 원숭이가 고양이에게 화로의 군밤을 꺼내달라고 한다. 이에 고양이는 밤을 꺼내주자, 원숭이가 혼자서 다 먹어치운다. 이때 주인이 등장하고 고양이는 맛도 못 본채 도망한다.	외인의 심부름으로 미국하는 사람들 싱각 좀 하시오
4	사심의 뿔	사슴이 물에 비친 자신의 뿔을 좋아하고 있었는데, 사냥꾼이 나타나자 도망을 간다. 그러나 뿔이 나뭇가지에 걸려 사냥꾼에게 잡히고 만다.	외면만 보고 친구 사귀지 마라.
5	강약부동	사자·송아지·염소·양이 같이 살며 사냥을 함께 하기로 한다. 그리고 먼저 잡는 사람이 나머지에게 고루 음식을 나누자고 했다. 하루는 양(염소)이 사슴을 잡았다. 이때 사자가 사슴을 4등분하고 누구든지 힘으로 이길 사람은 가져가라고 하며 자신이 잡은 것을 다 먹어버린다.	강하고 의 업는 놈과는 동사마라.
6	허욕 만흔 개	개가 고기 한 덩이를 물고 다리를 건너다가 그림자에 비친 자신의 모습을 보고 고깃덩이를 빼앗으려고 입을 벌린다. 이때 제 입에 물었던 고기를 물에 빠트린다.	입에 고기 한 덩이가 물속에 잇난 고기 두 덩이보다 낫다.
7	강한 놈의 경계	늑대가 물을 먹다가 양 또한 물을 먹는 것을 발견한다. 늑대는 이런 저런 핑계로 접근하다가 결국 양을 잡아먹는다.	약한 놈은 경계도 업고 공법도 없다.
8	조심하는 쥐	고양이가 광 속에 있는 쥐를 다 잡아먹고 죽은 척하고 쥐를 기다린다. 이에 늙은 쥐가 고양이를 훈계한다.	못된 놈 엽헤는 롱으로도 가지 마라.

* 허경진·임미정, 앞의 논문에서 〈부록〉으로 제시했던 것을 옮긴 것이다.

번호	제목	내용 요약	윤치호의 촌평
9	개구리와 황소	개구리들이 놀다가 황소를 보고 놀라 물속에 뛰어든다. 새끼개구리가 어미에게 황소의 덩치가 크다고 말하자 어미는 자신의 배를 부풀리며 황소보다 큰 체한다. 그렇게 자신의 배를 부풀리다가 결국에는 배가 터져죽는다.	강한 나라 칭호와 례식만 흉내내다가 망한 나라도 잇다지.
10	쇠꼬리	꾀꼬리가 매에게 잡히자 자신을 먹기 보다는 큰 새를 먹으라고 애걸한다. 그러나 매는 손에 든 작은 새가 손 밖에 있는 큰 새보다 낫다고 하며 꾀꼬리를 잡아먹는다.	압제 정치 밋헤는 말 잘하여도 쓸 대 업다.
11	배와 수족	손·발·입·다리가 모여, 배는 하는 일 없이 먹고만 있으니 각자 하던 일을 그만두자고 결의한다. 며칠을 시행하자 각자 기운이 다한다. 이에 배가 가자 맡은 일이 있고 서로 도의사 한다는 훈계를 한다.	
12	보호국	매가 비둘기장에 있는 비둘기를 찾아가 자신과 보호약조를 하면 보호해 준다고 약속한다. 이에 비둘기가 매를 장 속으로 맞아들여 보호대감을 삼았는데, 이후 매가 비둘기를 다 잡아먹고 비둘기장도 차지하였다.	제가 제 보호 못하고 남의 보호를 엇지 밋으리오.
13	남의 머리	대머리 사냥꾼이 가머리로 상투하고 다니다가 바람에 가머리가 날아간다. 이에 친구들이 조롱하지만, 도리어 사냥꾼이 친구들을 훈계한다.	제 정부가 제 백성을 학내할 새, 남의 나라가 남의 빅성 후대할가.
14	사지와 사람	사람과 사자가 서로 자신의 지혜와 용맹에 대해 설전을 벌이고, 우위를 논한다.	
15	사지와 생쥐	생쥐가 사자의 등에서 놀다가 사자에게 잡힌다. 사자는 생쥐를 죽이려 했지만 놓아주었다. 이후 사자가 그물에 걸려 거의 죽게 될 때, 생쥐가 사자를 구한다.	강한 자도 악한 자의 덕을 볼 째가 있으니, 강함을 밋고 약함을 능멸하지 마라.
16	일부량쳐	한 사람이 젊은 아내와 늙은 아내 둘을 두었다. 젊은 아내는 남편을 위해 흰 머리털만 뽑았고 늙은 아내는 검은 머리털을 뽑았다. 시간이 지나자 남편은 대머리가 되었다.	
17	은혜와 압제	북풍과 태양이 누가 더 세력이 큰지 다툰다. 지나가던 행인을 대상으로 두루마기 벗기기 내기를 하는데, 태양이 더운 빛으로 승리한다.	인심을 얻기에 은혜의 더운 긔운이 압제의 찬바람보다 낫다.

번호	제목	내용 요약	윤치호의 촌평
18	톳기와 개구리	토끼들이 모여서 자신들의 허약함을 한탄한다. 그래서 물에 빠져 죽기를 결심하고 물가로 간다. 그때 개구리들이 토끼에 놀라 물속에 뛰어들었다. 이를 본 토끼들이 자신들이 결코 허약하지 않음을 깨닫는다.	
19	술이의 지가	젊은 수리가 병이 들어 죽게 되자 어미에게 명산대찰에 기도하여 병이 낫도록 부탁한다. 이에 어미가 도적질한 마당에 어떻게 기도의 효과가 있겠느냐고 나무란다.	님군을 속이고 빅셩을 학대하야 나라를 망하여 놋코 불공과 산천 긔도로 나라 잘 되기를 비난 사름들은 이 술이 지각만 못하도다.
20	사지의 청혼	사자가 미모의 여인에게 청혼한다. 그러자 신부의 아비는 사자에게 이와 발톱을 뽑으면 혼인시키겠다고 한다. 사자는 그 말만 믿고 그대로 따랐다가 신부의 아비에게 맞아 죽는다.	
21	나무꾼과 붓처님	나무꾼이 도끼를 잃어버리고 부처님을 찾아가서 행방을 알고자 했다. 이때 스님을 만났는데, 스님은 도리어 불기(佛器)를 잃어버렸으니 원님에게 향하라는 말을 한다. 이에 나무꾼은 절에서 잃은 그릇도 못 찾는 부처님이 도끼를 찾아줄리 만무하다고 하며 돌아선다.	
22	흑빅 분명	숫장수가 마전장이를 찾아가 함께 살기를 청한다. 그러자 마전장이가 각자 추구하는 바가 다르니 함께 살 수 없다고 거절한다.	
23	여호와 두루미	여우가 두루미를 저녁에 초대한다. 이때 접시에 음식을 담자 두루미가 음식을 먹지 못한다. 이후 두루미도 여우를 초대하여 목이 긴 병 속에 음식을 담아 온다. 이에 여우는 두루미가 대접을 못한다고 책망한다.	
24	여호와 염소	여우와 염소가 동행하다가 우물에 가서 물을 먹은 뒤 나올 수가 없었다. 여우는 염소에게 자신이 등을 밟고 먼저 올라가면 염소를 구해 주겠다고 한다. 이에 염소는 여우를 등에 태워 올려 보낸다. 여우는 염소의 지혜 없음을 꾸짖으며 길을 떠난다.	

번호	제목	내용 요약	윤치호의 촌평
25	곰과 무신한 사름	두 사람이 산길을 올라가면서 위험에 처할 경우 서로 돕기를 약속한다. 그 때 곰이 나타나는데 한 사람은 나무 위로, 다른 한 사람은 땅에 엎드려 죽은 체하였다. 곰은 엎드린 사람의 냄새를 맡아만 보고 그냥 지나친다. 이후 나무에 올라갔던 사람이 엎드린 사람에게 곰이 귀에다가 무슨 말을 했느냐고 묻자 의리 없는 사람과는 동행하지 말라는 말을 했다고 한다.	
26	나귀의 실수	한 사람이 나귀와 강아지를 두었다. 나귀는 강아지가 재주도 없이 주인의 귀여움을 독차지한다고 생각했다. 이에 강아지와 똑같이 행동을 한다. 나귀는 주인에게 흠씬 맞게 되고 결국 자신을 돌아보면서 한탄한다.	
27	질항아리와 주석항아리	장마에 질항아리와 주석항아리가 함께 휩쓸려갔다. 이에 주석항아리가 질항아리를 보고 동병상련이니 함께 가자고 하자, 질항아리가 성품이 다르니 각자의 길을 가자고 했다.	죠션 사람이 강한 나라 사람하고 동사하려든 이 질항아리 말을 생각하라.
28	쇼리 업난 여우	여우가 함정에서 빠져 나오다가 꼬리를 잃었다. 이후 여러 여우들에게 꼬리의 불필요함을 연설하고 모누 베어버리자고 제안했다. 이에 늙은 여우 하나가 이 말의 모순을 말한다.	
29	궤거름	어미 게가 새끼 게에게 비뚤게 걷는다고 질책한다. 이에 새끼 게가 어머니가 바로 걸으면 자신도 바르게 걷겠다고 말한다.	
30	쇠 쓸년 줄과 배암	뱀이 대장간에 들어가 쇠 가는 줄을 깨물었다. 이에 줄이 뱀에게 실컷 먹으라고 말한다.	
31	운수	어린아이가 장난하다가 피곤하여 우물 두덩에 누워 잔다. 지나가던 운수가 보고 아이에게 만일 우물에 빠졌다면 세상 사람들이 자신만 비난하였을 것이라고 말한다.	
32	금알 낫넌 거위	어떤 사람에게 황금 알을 낳는 거위가 있었다. 욕심에 거위를 죽이고 배를 갈라보니 아무 것도 없었다.	백성을 죽여가며 재산을 한 번에 쎄앗다가 필경 재물과 빅성과 나라를 다 일허바린 사람들도 적지 안치.

번호	제목	내용 요약	윤치호의 촌평
33	개게 물닌 사람	한 사람이 개에게 물렸다. 이 일을 노파에게 이야기하자 떡 한 조각을 물린 곳에 문지르고 다시 개를 먹이라 하였다. 이 이야기를 친구에게 말하자 친구는 이런 이야기를 개에게 한다면 세상의 모든 개들이 사람을 문다고 이야기한다.	
34	참나무와 나무꾼	나무꾼이 참나무 밭에서 도끼자루를 구했다. 이에 참나무가 구해주었다. 그러자 나무꾼은 그 도끼로 참나무를 베었다.	
35	말과 사람	밀이 사슴과 싸워서 진 뒤 사람에게 원수를 갚아달라고 부탁했다. 사람은 말에 안장을 덮고 재갈을 물린 뒤 사슴을 쫓아 원수를 갚았다. 이후 말은 사람에게 안장과 재갈을 벗겨달라고 하자 사람이 원수를 갚아주었으니 평생 종노릇을 하라고 했다.	
36	여호와 원숭이	사자가 죽은 뒤 원숭이가 왕위에 올랐다. 이후 원숭이는 다름 짐승들을 괴롭혔다. 이에 여우가 고기 한 덩이로 원숭이를 없애는 계교를 펼쳤다. 원숭이는 계교에 넘어갔고 여우에게 구해달라고 했지만 작은 지혜도 없으면서 어떻게 왕위에 있을 수 있냐고 한다.	
37	비둘기와 개미	개미가 물에 떠내려 갈 때 비둘기가 나뭇가지를 써서 구해주었다. 이후 비둘기가 포수에게 죽을 위기에 빠지자 이번에는 개미가 포수의 뒤꿈치를 물어 비둘기를 구해주었다.	
38	생쥐 방울단다	쥐들이 모여 고양이를 없앨 계책을 세운다. 고양이 목에 방울을 달기로 결정했으나 아무도 나서지 않았다.	
39	어리석은 하인	첫 닭이 울면 항상 일이 시작되자 하인이 닭을 죽였다. 이후 마누라는 시간을 알 수 없어 시도 때도 없이 하인들을 깨우기 시작했다. 이에 하인들은 다시 닭 한 마리를 샀다.	
40	외양간에 개	외양간에 개가 드러누워 소의 식사를 방해했다. 이에 소가 너도 못 먹고 남도 못 먹게 하는 심사가 무엇이냐고 질책한다.	
41	차부와 부처	차가 진흙탕에 빠지자 차부는 부처에게 벗어날 계책을 기도했다. 그러자 부처는 채찍으로 말을 치면 될 텐데 자신의 할 일을 하지 않고 왜 자신만을 부르냐고 훈계한다.	

번호	제목	내용 요약	윤치호의 촌평
42	땅 속에 잇넌 재물	한 농부가 죽을 때 삼형제에게 땅속 깊숙이 금덩이를 묻어두었으니 찾으라는 유언을 남긴다. 이에 삼형제는 열심히 밭을 갈고 농사를 부지런히 하였다. 이로 인하여 삼형제는 부자가 되었다.	
43	시긔와 욕심	욕심 많은 자와 시기가 많은 자가 부처님께 소원을 빌었다. 이에 부처가 먼저 말하는 자는 소원을 성취할 것이고, 다음 사람은 곱절로 잘 되리라고 말한다. 이에 시기심 많은 자가 자신은 한 눈만 멀게 해달라고 소원을 빈다.	
44	새매와 농부	매가 꿩을 좇다가 그물에 걸리자 농부에게 살려달라고 했다. 이에 농부는 매를 질책하였다.	
45	제비의 충고	제비는 삼을 재배하는 농부를 보았다. 이에 동포들에게 삼이 자라면 큰 해가 될 것이니 미리 없애자고 말한다. 이에 여러 제비들은 이 말을 믿지 못하고 말을 했던 제비를 내쫓는다. 그 후 삼이 무성하게 자라자 농부는 그것으로 그물을 쳐서 제비들을 잡았다. 결국 제비들은 말을 듣지 않은 것을 후회했다.*	후회도 안난 사람보다넌 낫다.
46	종달새의 지각	종달새가 수수밭에 새끼를 기우고 있었다. 나기기 전에 수수밭이 없어질 것을 생각하고 밭주인이 무슨 이야기를 하는 지를 잘 들으라고 했다. 처음에 동네 사람들에게 밭을 갈라고 시켰다는 말을 전해 들었다. 그러자 어미 종달새는 무시하고 둥지를 옮기지 않았다. 그 이유는 동네사람들이 밭주인의 말을 듣지 않았기 때문이다. 이후 아늘에게 밭을 갈자는 이야기를 전해 들었다. 그러자 종달새 어미는 새끼를 데리고 둥지를 떠났다.	네 일을 잘 히러거든 네가 하고, 잘 못하려거든 남 식혀라.
47	여호와 신포도	여우가 길을 가다가 배가 고파서 높은 것에 달려 있는 포도를 먹으려 했다. 그러나 너무 높은 곳에 있어 먹지 못했다. 그러자 여우가 신포도를 누가 먹겠느냐고 나무랐다.	
48	양과 늑대의 평화조약	늑대가 양을 잡아먹으려고 하나 개 때문에 먹지 못하고 있었다. 이에 꾀를 내어 개 없이 서로 평화조약을 맺고 볼모를 보내기로 약속했다. 이에 양들은 평화조약을 맺었는데, 이후 늑대들이 개도 죽이고 양도 죽였다.	

번호	제목	내용 요약	윤치호의 촌평
49	나귀의 지각	나귀가 소금을 싣고 가다가 물에 넘어진 뒤 자신의 등이 가볍게 되었다. 그 다음에 솜을 실었는데, 지난번과 똑같이 넘어졌다. 그러나 이번에는 이전과는 달리 몇 배나 더 무거워졌다.	
50	톳기와 자라	토끼와 자라가 경주 내기를 했다. 자라의 성실과 끈기로 결국 토끼를 이겼다.	
51	여호와 평화담판	여우가 먹이를 찾다가 나무 위에 앉은 수탉을 보았다. 그리고는 세상이 만국평화회의를 통해 형제와 같아졌으니 내려오라고 했다. 이에 수탉이 사냥개가 평화회의에 참석하기 위해 온다고 말했다. 이에 여우가 자리를 도망쳤다.	
52	개미와 몃쮜기	메뚜기가 여름에 놀다가 겨울이 되자 개미를 보고 양식을 구걸했다. 그러자 개미는 메뚜기를 질책하며 거절했다.	
53	촌사람의 변덕	촌사람이 송아지를 잃고 산신께 제사를 지내면서 도둑놈을 찾게 해주면 돼지 한 마리를 바치겠다고 했다. 이후 길을 지나다가 호랑이가 송아지를 잡아먹는 것을 보았다. 그러자 다시 산신께 도둑놈 눈에 띄지 않게 한다면 황소 한 마리를 바친다고 했다.	
54	농부와 운수	농부가 밭을 갈다가 금 한 덩어리를 주었다. 이에 금덩이를 보고 무수히 감사했다. 이를 본 운수가 왜 금에게만 감사하고 자신에게는 감사하지 않느냐고 했다.	
55	양과 개	양들이 파수를 보는 개에게 무위도식을 비판하자 도리어 개가 양들에게 지각없음을 꾸짖는다.	
56	여호와 나귀	나귀가 사자 가죽을 쓰고 산중을 돌아다니자 여러 짐승들이 피해 달아났다. 이후 여우를 만나자 소리를 질렀는데, 이를 알아챈 여우가 나귀를 질책한다.	
57	여호와 슷닭	여우가 닭을 잡아먹으려다 덫에 걸렸다. 이에 수탉에게 살려달라고 계교를 부리지만, 수탉은 여우를 질책한다.	
58	점쟁이	점쟁이가 길에서 관상과 사주를 보며 지냈는데 어느 날 소년 하나가 집안에 불이 났다고 말했다. 이에 집에 가보니 불이 나지 않았다. 그러자 소년은 점쟁이에게 자신의 운명도 모르면서 어떻게 남의 운명을 아느냐고 질책했다.	

번호	제목	내용 요약	윤치호의 촌평
59	혀바닥 잔치	부자가 청지기를 불러 많은 손님을 모실 테니 좋은 음식을 차리라고 명한다. 이에 청지기는 각색의 짐승 혀를 차려놓았다. 부자는 화가 나서 이유를 묻자 그 이유를 댔다. 이번에는 제일 하등 음식을 가져오라고 했다. 이번에도 다시 혀를 가져왔다. 이에 그 이유를 물었다. 그러자 혀의 피해를 말했다.	
60	박쥐	족제비가 박쥐를 잡아먹으려고 하자 자신은 쥐라고 하며 모면한다. 이번에는 고양이에게 잡혔는데 쥐가 아니라 새라고 했다. 그렇게 위기에서 또 벗어났다.	
61	농부와 법학사	농부가 법학사를 만나 자신의 소가 법학사의 소를 받혀서 죽었다고 했다. 그러자 법학사가 소를 변상하라고 했다. 이에 농부는 자신의 소가 아니라 법학사의 소에게 받혀 농부의 소가 죽었다고 했다. 그리고 변상을 요구하자 법학사가 아무런 말도 하지 못했다.	
62	이소푸의 지식	주인이 이솝에게 목욕탕에 사람이 있는지를 알아오게 하였다. 그때 목욕탕에는 큰 돌이 있었는데, 아무도 그 돌을 치우지 않다가 한 사람이 돌을 치웠다. 이후 주인이 목욕탕에 사람이 얼마나 되냐고 묻자 한 사람밖에 없다고 했다. 이 말을 듣고 목욕탕에 간 주인은 사람이 많은 것을 보고 당황했다. 그리고 이솝을 질책하자 이솝은 돌 치운 사람이 한 사람밖에 없기 때문에 한 사람밖에 없기 때문에 그렇게 대답했노라고 했다.	
63	톄중과 검의	염라대왕이 톄중과 거미 형제를 자식으로 두었다. 톄중은 시골에 가서 살게 해달라고 했고 거미는 부자집에 살게 해달라고 했다. 시골에 살던 톄중은 농부의 부지런함으로 소용이 없었다. 반대로 거미는 시종 때문에 거미줄이 남아나질 않았다. 이런 각자의 처지를 안 두 사람은 서로의 거처를 바꾼다. 이후 두 사람은 별 탈 없이 잘 지냈다.	
64	새앙쥐와 고양이	생쥐가 세상 구경을 나갔다가 돌아와 수탉과 고양이를 보았는데 수탉은 소리를 질러 사납고 고양이는 점잖다고 말했다. 이에 생쥐어미는 외모로 친구를 사귀지 말라고 경계했다.	

번호	제목	내용 요약	윤치호의 촌평
65	장사와 시비	한 장사가 길을 걷다가 이상한 짐승을 보자 철퇴를 빼어 힘껏 내리쳤다. 그러자 2~3배로 커지기만 하였다. 이후 치면 칠수록 크기는 커졌다. 그러다가 지나가던 노인이 짐승의 이름은 '시비'이기 때문에 건드리지 않고 모르는 체하면 없어진다고 했다.	
66	이소푸와 바다물	이솝의 주인이 친구들과 선유할 때 바닷물을 먹기 내기를 했다. 주인은 가산을 다 걸고 내기에 임했다. 이후 술이 깨어 고민에 빠지자 이솝이 꾀를 내었다. 그리고는 친구에게 자신은 바닷물을 다 먹겠다고 했으니, 친구가 먼저 강물과 냇물을 다 먹으면 바닷물을 먹겠다고 했다. 그러자 친구가 내기를 취소했다.	
67	사지의 흉계	사자가 흉계를 꾸미자 코끼리가 반색을 하면서 나섰다. 그러자 당나귀가 사자 편을 들었다. 이후 사자는 모든 짐승을 잡아먹고 당나귀까지 잡아먹으려 했다. 그러자 당나귀가 맹자를 언급하는데, 도리어 사자는 맹자의 어구(語句)를 말하며 잘못 이해했다고 하며 당나귀를 잡아먹었다.	
68	말의 성명	여우가 말을 보고 늑대와 합세하여 잡아먹기로 했다. 그래서 늑대가 말에게 접근했다. 말은 성명이 발에 있으니 이를 보라고 했다. 그러자 늑대는 뒷발을 보았는데, 말이 힘껏 차서 늑대를 물리쳤다.	
69	로인과 당나귀	노인이 어린 아이를 데리고 나귀를 팔러 갈 때 이 사람 저 사람의 말에 휘둘려 결국에는 팔지 못하고 집으로 돌아왔다.	
70	황새와 부어	황새가 붕어들을 돕겠다는 명목으로 다른 연못으로 옮겨주겠다고 약속했지만, 결국 옮긴 붕어들을 다 잡아 먹었다.	
71	즘생의 재판	산속에 병이 퍼져 짐승들이 죽게 되자 짐승들이 모여 회의를 하면서 많은 죄를 저지른 자를 죽여 산신의 노여움을 피하자고 했다. 이에 사자, 호랑이, 늑대, 표범이 자신의 살해한 죄를 고백했다. 이에 여우는 죄가 없다고 한다. 마지막으로 나귀가 잎을 뜯어먹은 것이 자신의 죄라고 자복하자 여우는 나귀가 큰 죄를 저질렀다고 하면서 죽였다.	작은 도적질하면 증역이오, 큰 도적질하면 부귀.

『우순소리』의 원문

서지사항*

　윤치호(尹致浩)의 『우순소리』는 총 두 차례 간행되었다.** 일본 토야마[富山] 국립대학교에 있는 『우순소리』는 1차로 1908년 대한서림에서 발행한 것이다.

　이 대학에는 "朝鮮開化期 大衆小說 原本 컬렉션"이란 항목으로, 조선의 방각본 소설을 비롯한 233종 264책을 소장하고 있다. 『우순소리』는 이 컬렉션의 176번 책이다.***

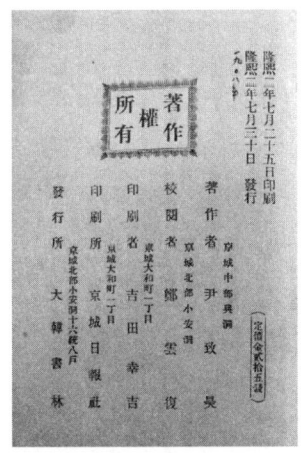

그림1. 『우순소리』의 표지　　　그림2. 『우순소리』의 판권지(版權紙)

---

　* 이 글은 『어문학』 105집(2009. 9)에 게재되었던 글을 수정·보완한 것이다.
　** 자세한 내용은 허경진·임미정, 앞의 논문, 36쪽 참조.
　*** 청구기호는 176. 우순소리-929.13 C46 Ge=35이다.

표지는 짙은 붉은색이며, 표제는 "우순소리"이다. 매면 11행, 21자 내외로 전체 페이지는 74장이다. <73>·<74>쪽은 오식(誤識)으로 두 페이지의 순서가 바뀌어져 있다.

이야기 번호를 붙이는 과정에서도 오식(誤識)이 보인다. 원본 <十五. 일부 량쳐>로 되어 있지만, 실제 번호는 '十六'이다. 이로 인해 책에는 70편의 이야기만 실린 듯 보이지만, 실제 이야기의 편수는 71편이다.

토야마[富山] 국립대학교의『우순소리』는 뒷표지 부분을 개장(改裝)했기 때문에 윤치호의 서문(序文)의 유무를 현재로서는 알 수 없다.

―. 굴 송사

〈1〉일일은 행인 둘이 길을 가다가 해변에 굴 한 개가 잇난 것을 보고 한 사람이 집으랴 한즉, 동행하던 사람이 말하되,

"여보, 가만 잇소. 우리 둘 중에 그 굴을 누가 먹어야 올소?"

"아 그야, 몬져 본 사람이 먹고, 그 다음 본 사람은 구경이나 하지오."

"그럴 테면 내 눈이 쎄 밝소."

"딕은 보기만 하엿지오, 나는 만져까지 보앗스니 엇지하랴오?"

피차 닷톨 쎄에 엇던 량반 한 분이 지나가거늘, 행인 둘이 굴 송사 판결하기를 청한대, 그 량반이 그 굴을 쪽의여 속은 삼켜 바리고 섭질은 한 쪽식 둘의게 논화쥬면서 길오대,

"너의 소위난 송사부비들 물닐 것〈2〉이나 십분 용서하야 굴 섭질 하나식 주는 것이니, 아모 말도 말고 가라."

하더라.

● 사화하야 반 엇는 것이 송사하야 다 일넌 것보다 낫다.

―. 외양 치레

하로는 여호가 길 가다가 한 곳에 이른즉 사람이 만히 뫼혀 화반석으로 삭인 인형을 보고 칭찬하거늘, 여호가 한참 보다가 돌아서 가며 하난 말이,

"외모는 좃타마넌 속이 업서 걱정이다."

　　　● 당셰 부귀 대신들을 보면 이 여호가 무엇이라 할지.

三. 고양이와 원숭이

〈3〉고양이와 원숭이가 한 집에 정답게 사넌대 둘의 작난이 무쌍하야 원숭이난 보난 것마다 훔치고, 고양이난 쥐잡기난 마음이 업고 찬장만 드나들더니, 하로는 화로에 밤 굿넌 것을 보고 원숭이가 고양이를 불너 말하되,

"형님! 저 군밤을 쓰냇스면 우리 둘이 잘 먹겟소마는 내 손은 형님처름 재지가 못하니 형님이 쓰내시오."

그 말을 듯고 고양이가 화로의 재를 헷치면서 밤을 하나식 쓰내놋는대로 원숭이난 벗겨 먹더니, 쥬인이 들어오매 고양이난 발만 데이고 밤은 맛도 못보고 도망하더라

　　　● 외인의 심부름으로 미국하는 사람들 싱각 좀 하〈4〉시오.

四. 사심의 쓸

하로난 사심이 내까에서 물을 먹다가 물속에 빗취난 쓸 그림자를 보고 조화하는 말이

"쓸이야 훌늉하다. 쓸을 보면 내가 남중일색이엇마는 다리가 장재

갓하야 분하다."
하고 탄식하더니, 별안간 산양개가 쫏처오거늘, 업시 녀기던 다리가 나는듯이 뛰여 위경을 면할 뻔 하엿더니, 그 쌜이 나무가지에 걸녀 달아나지 못하고 잡힌지라. 사심이 한숨쉬여 갈오대,

"외면치례만 하면 몸을 망한다."
하더라.

• 외면만 보고 친구 사귀지 마라.

五. 강약부동

〈5〉사지와 송아치와 염소와 양 넷이 동사 산양을 시작하야 넷 중에 누구던지 즘생 한 마리를 잡으면 네 동사가 고로 난호기로 약조하엿더니, 하로는 염소가 노흔 덧헤 사심이 잡힌지라. 약조대로 동사들을 청함애 시[사]지가 그 사심을 네 목에 논하놋코, 한 목을 차지하며 말하되,

"내 일홈이 사지니 이것은 내 목아치요, 내가 그 중 힘이 세니 둘재 목아치도 내 것이오, 내가 그 중 담대하니 셋재 목아치도 내 것이요, 넷재 목아치는 누구던지 죽으랴거든 근드리라."
하고 다 먹어 바리더라.

• 강하고 의 업는 놈과는 동사 마라.

六. 허욕 만흔 개

〈6〉개가 고기 한 덩이를 훔처 물고 다리를 건너가다가 제 그림자가 물에 빗친 것을 보고 다른 개가 고기덩이를 문 줄 알고 빼아스랴고 짓다가 제 입에 물엇던 고기까지 물에 빠치더라.

● 입에 고기 한 덩이가 물속에 잇난 고기 두 덩이보다 낫다.

七. 강한 놈의 경계

하로는 늑대가 내까에서 물을 먹다가 배 곱흔 제음에 본즉, 어린 양 한 마리가 아래서 물을 먹거늘, 늑대가 트집하되,

"이놈아, 나 먹는 물을 네 엇지 흐리느냐?"

양,

"령〈7〉감은 내 물 우헤서 자시고, 나는 아래서 먹으니 내가 흐릴 수가 잇소?"

늑대,

"작년 봄에 나 못 듯는대 네가 욕하엿지."

양,

"별 트집도 만소. 작년 봄에는 내가 나지도 아니하엿소."

늑대,

"그러면 네 형이 욕하엿지."

양:

"그게 무슨 망넘이오? 나는 형도 업고 아오도 업소."

늑대가 할 말 업슴애 눈을 부릅쓰고 꾸짓되,

"내가 너희를 보호하고 너희 집안을 보전하던 덕을 모로고 내 말마다 거역하니 너의 행복과 부강을 속히 도모하기 위하야 너를 먹겟다."

하고 그 양을 먹어 바리더라.

● 약한 놈은 경계도 업고 공법도 업다.

八. 조심하는 쥐

⟨8⟩고양이가 어느 광속에 잇는 쥐를 거운 다 잡어 먹은지라. 남은 쥐들이 약속하고 구멍 밧긔 니오지 아니힘애, 고양이가 한 계교를 내여 뒷다리로 벽에 잇난 못을 붓들고 것구로 단녀 죽은 체 하거늘, 늘근 쥐 한 마리가 내다보고 하난 말이,

"애구, 이 흉물아. 죽은 체는 그만 두고 네 썹질에 집흘 너서 노앗서도 네 엽헤난 아니 가겟다."

하더라.

● 못된 놈 엽헤는 롱으로도 가지 마라.

九. 개구리와 황소

개구리 삿기들이 풀밧헤서 놀다가 황소를 보고 놀나 물속으로 들

어가, 그 어미를 보고 말한대, 어미 개구리가⟨9⟩,

"고게 무엇이오? 어머니가 암만 하기로 황소만 하시겟소?"

어미 개구리가 점점 분하야 배를 긔썻 불니고 뭇되,

"이래도 그 놈만 못할가?"

"아직도 멀엇소."

어미 개구리가 황소만 하랴고 배를 불니다 못하야 필경은 배가 터저 죽더라.

- 강한 나라 칭호와 례식만 흉내 내다가 망한 나라도 잇다지.

十. 꾀소리

꾀쏘리가 새매의게 잡혀서 애걸하되,

"여보! 댁 갓치 큰 양반이 나갓흔 작은 새를 먹난대도 한닙 거리도 못될 쑨더러, 내 생애가 소리니 좀 들으시오."

새매가 대답하되⟨10⟩,

"소리도 먹어야 자미지. 손속에 든 작은 새가 손밧긔 잇난 큰 새보다 낫다."

하더라.

- 압제 정치 밋헤는 말 잘하여도 쓸 대 업다.

十一. 배와 수족

하로는 손과 발과 입과 다리가 회의하야 말하되,

"우리난 음식 엇어 들이기에 주야분주하되, 배는 아모 것도 안코 먹고만 잇스니 이런 경계가 어듸 잇나? 오늘브터 우리 약조하고 손은 밥 한 술 입에 넛치 말고, 입은 음식 한 쏘물 씹지 말고 발과 다리는 아모 데도 가지 말자."

함애, 배는 아모 말도 안코 저희 하난대로 두엇더니, 몃칠 지나지 못하야 곱흘사록 슈족은 긔운이 업고 〈11〉 입은 말할 힘도 업고, 다리는 쏨쫙할 수 업난지라. 배가 그제야 말히되,

"음식을 엇어오기는 너희 일이오, 소화하기는 내 일이니, 너희가 업서도 나 못살고 나 업서도 너희 못살 터이니, 각기 맛흔 일를[을] 잘하야 서로 도아주어야 하지, 그럿치 안코 각기 제 몸만 알면 결단나나니라."

하더라.

十二. 보호국

새매가 몃칠을 비둘기장 근쳐로 도라단여도 비둘기 한아도 나오지 안커늘, 새매가 웃난 얼골노 장 압헤 와서 비둘기를 보고 쐬우난 말이,

"나도 날개와 털이 잇고 그대들도 날개와 털이 잇스니 우리 조상

은 필경 한 조〈12〉상이오, 우리는 갓흔 종류로 가위 동포형데라. 근일 본즉 삵이 이 근쳐로 도라단이니, 그 놈의 흉계가 파측한지라. 그대들은 텬셩이 순량하야 잘못하면 남의 압졔를 당하니, 나와 보호 약죠를 졍하면 너가 그대들을 보호하야 그대의 종가도 존엄하게 하고, 그대네 집도 보전하야 여러 금수 세계에 그대의 독립과 부강을 태산갓치 굿게 헐 터이니 엇더하뇨?"

하고 조흔 쌀아기를 선사하거늘, 비둘기들이 깃버하야 새매를 장속에 마져들여 보호더감을 삼엇더니, 그 잇튼날브터 새매가 비둘기 독립과 안녕을 유지한다 하고, 비둘기 한 마리식 잡아먹고 다 먹은 후는 그 장짜지 차지하더라.〈13〉

● 제가 제 보호 못하고 남의 보호를 엇지 밋으리오.

十三. 남의 머리

한 대야머리 산양군이 가머리로 상토하고 단이다가 바람에 갓이 버셔시고, 가상토가 불녀가매 동도들이 조롱하거늘, 산양군이 우스며 말하되,

"조롱할 것 무엇 잇나? 내 머리가 내 대강이에 븟허잇지 아니할 제, 남의 머리가 븟허 잇것나?"

● 제 정부가 제 빅성을 학대할 째 남의 나라가 남의 빅성 후대할가.

十四. 사지와 사람

하로는 사람과 사지가 맛나 이야기할 새, 사람은 사람〈14〉의 지혜와 용맹을 자랑하고 사지는 사지의 용맹과 지혜를 칭찬하야 서로 닷투다가 사람이 말하되,

"네 저 비를 보아라. 사람이 사지를 싸려 뉘힌 그림이 아니냐?"

사지가 쌀쌀 우스며 대답하기를,

"그게 무신 어림업넌 소리냐? 그 비를 사지가 셰웟더면 사지가 사람 잡아먹던 그림을 싁엿스리라."

하더라.

十五. 사지와 싱쥐

하로는 사지가 산양하다가 곤하야 나무 밋헤서 자던 사이에 싱쥐 멧 마리가 사지 등에 올나 놀더니, 사지가 쌔여 압발노 싱쥐 한 마리를 잡어 눌너 죽이랴 하다가 싱쥐의 애걸함을 가긍히 녀기여 노아 보내엿더니, 멧칠 후에〈15〉그 사지가 산양 그물에 걸녀 죽게된지라. 전일에 살녀 보냇던 싱쥐가 와서 그물를[을] 쏘라 끈어바리고 사지를 살녀주더라.

• 강한 자도 약한 자의 덕을 볼 째가 잇스니, 강함을 밋고 약함을 능멸하지 마라.

十六.[1] 일부 량쳐

한 사람이 안해 둘을 두엇난대, 하나는 졈고 하나는 늘근지라. 사내 머리에 빅발은 졀문 안해가 다 쏍아바리고, 검운 털은 늘근 안해가 쏍아 바림애 미구에 대야머리가 되엿더라.

十七. 은혜와 압제

〈16〉하로는 북풍과 태양이 누가 세력이 만흐냐 하고 서로 닷툴 제음에 한 행인이 솜 두루매기를 입고 가거널, 바람과 볏이 그 두루매기 벳기기로 낵이하자 하고, 북풍은 그 힘을 다하야 불매 행인의 두루매기가 불녀 쩌나갈 듯하더니, 그 사람이 옷고름을 단단히 잡아 민고 두 손으로 옷자락을 붓들미 바람이 더 불수록 벗길 수 업난지라. 태양이 바람을 재우고 구룸[름]을 물니치며 더운 볏을 나려 쬐이민, 행인이 더워서 두루매기를 버서바리니, 북풍이 태양의 권력을 탄복하더라.

• 인심을 엇기에 은혜의 더운 긔운이 압제의 찬바람보다 낫다.

---

1) 원문은 '十五'로 되어 있으나 오식(誤識)이다. 이에 번호를 바로 잡는다.

十八. 톳기와 개구리

〈17〉호로는 톳기들이 종회를 모으고 의론ᄒ되,

"세상에 우리갓치 약ᄒ고 살 수 잇나? 음식 한 ᄭ를 마음 놋코 먹을가? 잠 한숨을 편히 자 볼가? 개소리만 나도 놀내고 그람[림]자만 보아도 숨으니 이 신세를 엇지ᄒ나? 도모지 물에 ᄲᅡ저 죽자." ᄒ고 여러 톳기가 연못가으로 나가더니, 개구리들이 달밤에 물가에서 소창ᄒ다가 톳기 오난 소리를 듯고 놀나 물속으로 다 들어 가거널, 톳기 문장이 여러 톳기의게 발론ᄒ되,

"여러분 내 말 듯게. 우리가 약ᄒ야 살 수 업난 쥴 일앗더니 우리를 보고 무셔워 숨난 즘성도 잇스니, 그 즘성이 살 적에 우리가 죽을 것 무엇 잇〈18〉나?"

하고 다 각기 집으로 가더라.

十九. 슐이의 긔가

절문 슐이가 병이 들어 죽게 된지라. 그 어미더러 쳥ᄒ되,

"어머니 인제는 할 수 업스니 명산디천과 절간에 긔도나 좀 ᄒ시면 내 병이 나을넌지오?"

어미 슐이가 대답ᄒ되,

"어느 명산대천과 절간에 가셔 네나 내가 도적질 아니한 데가 잇스면 몰으되, 그러치 안으면 우리 긔도를 누가 듯겟니?"

하더라

- 님군을 속이고 빅성을 학대하야 나라를 망하여 놋코, 불공과 산천 긔도로 나라 잘 되기를 비난 사룸들은 이 술이 지각만 못하도다.

二十. 사지의 청혼

〈19〉산즁에 사난 사룸이 일식 딸을 두엇더니, 사지가 와셔 청혼하 거늘 감히 막지 못하야 대답하되,

"대왕님 갓흔 사외를 두엇스면 오직 조켓소마난 내 딸이 어리고 약하야 겁이 만흐니 대왕의 이와 발톱을 다 쎼면 혼인하겟소."

한대, 사지가 그 식시를 탐내야 이와 발톱[톱]을 다 쎼고 왓거늘, 신부 아비가 몽둥이로 싸려 잡더라.

二十一. 나무쑨과 붓처님

나무쑨들이 산에 올나가 나무를 하다가 한 아해가 독긔를 일코 찻지 못함애, 그 근쳐 절에 가셔 붓처님끠 빌고 차져 달나자 하야 여러 아해들이 그 절을 향하야〈20〉가다가 즁로에셔 그 절 즁 몃치 나려오거늘, 나무쑨이 어데 가나냐 물은데, 즁의 대답이,

"어제 밤에 절에 도적이 들어 불긔를 일허바리고 원님끠로 차져달 나고 졍하려 간다."

하난지라. 독긔 일흔 나무ᄭᅩᆫ이 말하되,

"제 절에셔 일흔 그릇도 찾지 못하넌 붓처가 남의 독긔 차저줄 수 잇것나?"

하고 허여저 가더라.

二十二. 흑빅 분명

숫장사가 그 친구 마전장이를 보고 갓치 살기를 청한디, 마전장이가 디답하되,

"로형의 정분은 곰아우나 내 생애는 검은 것을 희게하고, 로형의 생애는 흰 것을 검게 하니, 우리는 ᄶᅡ루 살어야 의가 상하지 안켓소"

하너라.

二十三. 여호와 두루미

〈21〉하로는 여호가 두루미를 청하야 저녁을 먹을 새, 납작한 졉시에 멀건 국물을 담어 논지라. 두루미는 한 목음도 삼키지 못하고 여호가 다 할터 먹거널, 몃칠 후에 두루미가 여호를 청하야 점심 디졉하난디, 목 긴 병[瓶] 속에 고기를 쓸어 너혼지라. 두루미는 그 주둥이로 잘 써내여 먹으되, 여호난 한 점도 못 먹고 가면셔 두루미의 디객 잘못함을 책망하더라.

二十四. 여호와 염소

하로는 여호와 염소가 동행하다가 목이 말음애, 둘이 우물에 들어가서 물을 먹고 본즉, 나올 수가 업난지라.〈22〉여호가 염소다려,

"여보, 로형이 우물가를 벗틔고 셔면, 로형의 쌀을 드듸고 내가 몬저 나가셔 로형을 쓸어내리다."

한대, 염소가 고지 듯고 압발노 우물가를 벗틔고 이러셔니, 여호가 쌀을 드듸고 나가셔 들여다보고 조롱하난 말이,

"이 못생긴 것아! 네 지각이 네 수염 반만 하여도 내 꾀에 빠지지 아니하엿것다. 나는 볼일 잇셔 가니 천천히 나오너라."

하고 가더라.

二十五. 곰과 무신한 사롬

두 사롬이 흠한 산길을 갈 째, 환란 상구하기로 언약하고 가더니, 한 산골을 들어셔매 별안간 곰이 압흘 막난지라. 둘 중에 한 사롬은 몸이 가벼운 고로 나무 우흐로 쒸〈23〉여 올나가고, 하나는 밋처 피할 수 업셔 쌍에 업듸려 죽은 체 하엿더니, 곰이 업듸린 사롬의 냄새를 맛허 보더니 과연 죽은 줄 알고 가거늘, 나무 우헤 올낫던 사롬이 나려와셔 무르되,

"여보게, 앗가 보니 곰이 자내 귀에 대고 무삼 말하난 것 갓흐니 무어시라 하더냐?"

하니, 업듸렷던 사람의 대답이,

"이 다음에는 자내갓혼 의리 업난 사람과는 동행하지 말나 하데."

二十六. **나귀의 실수**

한 사람이 나귀 하나, 강아지 하나를 두엇더니, 나귀가 본즉 강아지는 아모 재조도 업시 주인 압헤셔 꼬리나 치고 뛰기나 하며[면]셔 조흔 음식을 엇어 먹고 주인의 귀〈24〉염을 밧거널, 나귀 생각에,

'나도 강아지 하난대로 하리라.'

하고, 하로는 그 주인 압헤 가셔 꼬리를 저으며 강아지 숭내를 내다가 주인의 웃난 것을 보고 더 담디하야 주둥이를 주인의 귀에 다이고 긔운껏 한 번 울고 압빌을 주인 억게에 언고, 뒷발은 주인 무릅 우헤 노으려 하거널, 주인이 놀나 하인을 불너 채쭉으로 짜려 마구로 모러 늣커늘, 나귀가 탄식하난 말이,

"서 맛흔 직분은 바리고 남의 숭내 내는 놈은 채쭉이 맛당하다."

하더라.

二十七. **질항아리와 주셕항아리**

한 변[번]은 장마에 강물이 창일하야 질항아리와 주셕항아리〈25〉가 떠나갈 새, 주셕[셕]항아리가 질항아리를 보고,

"여보! 로형과 내가 동병상련이니 우리 갓치 갑시다."

질항아리가 대답하되,

"말삼은 고맙소마년 로형과 내 셩픔이 달나셔 셔로 마주치면 내가 결단이니 따로 놉시다."

하더라.

- 죠션 사람이 강한 나라 사람하고 동사하려거든 이 질항아리 말을 생각하라.

二十八. 꼬리 업난 여호

여호 한 놈이 함정에 싸져 나오너라고 꼬리를 일은지라. 남의게 우숨꺼리가 될 줄 알고 꾀를 내여 여러 여호 회중에 가셔 연설헬[힐]새, 첫[칫]재는 꼬리가 쓸 데 업슴을 말하고, 둘재는 여호 꼬리가 위생에 방해됨을 말한 후〈26〉다 꼬리를 베여버리자 한디, 회중이 당황하야 아모 말도 못하고 셔로 보기만 하거널, 그 중에 늑수구러[리]한 여호가 나셔셔 말하되,

"나도 꼬리를 일어바렷더면 저 친구 갓치 말하것소마년, 꼬리가 잇스니 아즉 그디로 지내것소."

하더라.

二十九. 궤거름

어미 궤가 삿기 궤다려 거롬을 빗두로 것넌다고 꾸짓거널, 삿기
궤가 대답하되,
"나는 어머니 하시난디로 하니, 어머니가 바로 걸으시면 내 따러
가리다."
하더라.

三十. 쇠 쓸넌 줄과 배암

하로는 배암이 대장간에 들어가 사면으로 먹을 것을〈27〉찻다가
줄을 깨물녀 허거널, 줄이 우수며,
"오냐, 잘 먹어라. 나는 본래 남을 쓸키나 하고 보태지는 안넌 셩품
이니 슬컷 먹어 보아라."
하더라.

三十一. 운수

하로는 어린아해가 작난하다가 곤하야 우물 두덩에 드러누어 자
더니, 운수가 지나가다가 보고, 그 아해를 깨여 갈오대,
"네 덕으로 살기는 살었다마넌, 만일 우물에 싸젓더면 세상 사람들

이 네 철 업넌 것은 말 안코 내 탓만 하엿슬 터이니 억울치 아느냐?"
하더라.

三十二. 금알 낫넌 거위

한 사람이 거위 한 마리를 두엇더니, 매일 황금알 한⟨28⟩개식 낫
넌지라. 탐심이 발동하야 거위 배속에 잇난 금알을 한 번에 다 가질
욕심으로 거위를 잡아 배를 갈으고 본즉, 아모 것도 업서 금알도 일
코 거위도 업새더라.

- 백성을 죽여가며 재산을 한 번에 빼앗다가 필경 재물과 빅성과
  나라를 다 일허바린 사람들도 적지 안치.

三十三. 개게 물닌 사람

한 사람이 개게 물닌지라. 어느 로파가 방문을 가르치되,
"썩 한 조각을 물닌 데 문지르고 그 개를 먹이라."
한대, 그리 하엿더니 한 친구가 말하기롤,
"여보게! 그 말⟨29⟩누구더러 말게. 사람 물고 썩 먹으면 어느 개가
사람 물지 안켓나?"
하더라.

三十四. 참나무와 나무꾼

하로는 나무꾼 하나히 큰 참나무 밧헤 들어가 돌아단니더니, 늘근 참나무가 무엇을 찾나냐 뭇거늘, 독긔 자루할 무푸레 나무를 구한다 한대, 참나무들이 의론하고 하나를 주엇더니, 나무꾼이 독긔에 자루를 맛춘 후에 참나무를 하나식 다 죽여내난지라. 그 중 노성한 참나무가 탄식하되,

"권세 자루를 남의 손에 너흐면 나라도 망하난대 참나무야 더 할 말 잇나?"

하더라.

三十五. 말과 사람

〈30〉말이 사심과 싸화 이긔지 못함애, 사람을 와 보고 원수를 갑하 달나하거늘, 사람이 허락하고 말게 안장을 짓고 재갈을 먹인 후 올나타고 사심을 쪼차 잡은지라. 말이 그 은혜를 감사하고 안장과 재갈을 벗겨 달나 청한대, 사람이 말하되,

"네 원수를 갑하 주어서 네 권리를 존중케 하고 네 독립을 보호하며 네 부강을 도모하엿스니 평생 내 종 노릇 해라."

하고 잡어매거늘, 말이 탄식하되,

"작은 원수를 갑흐려다 큰 원수를 맛나스니, 내가 독립 못한 탓이라. 누구를 원망하리요?"

하더라.

三+六. 여호와 원승[슝]이

〈31〉산중대왕 사지가 죽음애, 여러 즘생들이 도회하고 새 왕을 쑵
을 새, 원승[슝]이가 흉내도 잘내고 나무에도 잘 올으고 쬐도 만타
하야 왕으로 쑵힘애, 원승이가 권리를 탐하야 다른 즘싱들의게 교만
하며 토식이 자심한지라. 여호가 분히 녀기여 하로는 고기 한 덩이를
덧속에 넛코, 원승[슝]이게 폐현을 청하야 재배하고 알외되,

"신이 오다 보오니 고기 한 덩이가 저긔 잇사오니 대왕끠서 거동
하사 잡수시압소서."

하거널, 원승[슝]이가 여호의 충성을 깃버하야 대동당상을 식히고 훈
장을 나린 후, 그 고기 잇넌 곳에 가서 압발노 고기를 쯰어내려 하다
가 덧치 퉁기며 원승[슝]이 발이 잡힌지라. 그제야 여호의 간계를 쌔
닷고 쑤〈32〉즈진대, 여호가 우스며,

"덧 노흔 것도 모르고 눈 압헤 적은 리만 탐하니, 너갓흔 놈이 왕이
다 무엇이냐?"

하고 다라나더라.

三十七. 비둘기와 개미

하로는 개미가 목이 말나 강까에 가서 물을 먹다가 싸저 써나려 가거널, 비둘기가 보고 가련히 녀기여 나무가지를 물에 던저 개미가 타고 살아 나왓더니, 그 후에 포수가 그 비둘기를 노흐랴고 총을 견우거널, 개미가 그 발뒤굼치를 쏘와 견양을 일케하야 비둘기 은혜를 갑더라.

三十八. 생쥐 방울 단다

〈33〉한 큰집에 쥐 잘 잡년 고양이가 잇어 쥐를 멸종할 디경이 된지라. 쥐들이 비밀히 종회를 붓치고 그 고양이를 업시하거나 피할 도리를 강구할 새, 의논이 분분한 중에 가장 어린 생쥐 하나히 나서서 회장을 부르고 동의하되,

"그 고양이 목에 방울을 달엇스면 그 놈이 꼼작만 하여도 짤낭할 디이니, 우리는 째 맛추어 씌하난 것이 상책이겟소."

한대, 회중이 대희하야 손벽을 치며 갈채하거날, 그 중에 늘근 쥐 한 마리가 수염을 쓰다드며 웃고 하난 말이,

"저 어린 친구의 계책이 좃키는 좃소마넌 누가 가서 고양이 목에 방울을 달넌지 가실 이 잇거던 손드시오."

함애 회중이 아모 말 못하고 다 허〈34〉여지더라.

三十九. 어리석은 하인

한 마누라님이 첫닭이 울면 집안사람을 깨우넌지라. 하인들이 단잠을 못자고 짜뜻한 자리에서 이러나기를 슬여하야 그 닭을 업시하엿더니, 마누라님이 시간을 알 수 업슴애, 느즐가 염녀ᄒ야 반밤만 지나면 하인들을 깨우니 하인들이 마지 못하야 닭 한 마리를 사다 놋터라.

四十. 외양간에 개

외양간에 꼴도 만코 죽도 만흔데 개가 들어 누엇더니, 소가 배가 곱허 들어가 꼴을 좀 먹으려 한즉, 개가 짓고 못 먹게 하거날, 소가 쑤짓는 말이,

"이놈아! 너도〈35〉못 먹고 남도 못 먹게 하니 무신 심사냐?"
하더라.

四十一. 차부와 부처

한 차부가 진짱에 차를 몰고 가다가 박휘가 흙에 박히여 움지기지 안넌지라. 차부가 두 손을 부비며 관세음보살을 불으며 박휘를 쎄여 줍시사 빌고 섯거늘, 부처가,

"이 무식한 백성아! 챗죽으로 말을 치며 네 엇개를 박휘에 대고 힘써 밀면 차가 써러질 터인데, 나만 불고 섯스니 너 할 일은 아니하면 누가 네 일을 보아 주것너냐?"
하더라.

四十二. 쌍속에 잇넌 재물

힌 뇽부가 죽을 새에 ㄱ 아늘 형데를 불너 유언하기를〈36〉,
"내가 병생 절용하야 모은 돈으로 황금 몃 덩이를 사서 너의들 주넌 밧헤 한 자 쯤 깁히 파고 뭇엇스니 부즈런히 잘 파보라."
하고 세상을 버린 후에 그 아들들이 금넝이를 찻너라고 밧흘 깁히 갈고 농사를 부즈런히 하야 큰 돈을 모은지라. 그제야 그 부친의 의사를 쌔닷고 더욱 부즈런히 농사하야 다 만석군이 되더라.

四十三. 시긔와 욕심

하로는 욕심 만흔 사람과 시긔 만흔 사람이 부처님 압헤 가서 각기 소원을 말하려 할 새, 부처님이 갈오대,
"누구던지 몬저 말하는 자는 소원 성취할 것이요, 그 다음 말하는 자는 몬저 원한 자보다 곱절을 더 잘〈37〉되리라."
한대, 욕심 만흔 사람은 무엇이던지 곱절 더 만히 엇으려고 몬저 말

안커널, 시긔 만흔 자는 저 잘 되넌 것보다 남 잘못되넌 것을 좃케 녀기여 욕심 만흔 자의 두 눈 멀기를 바라고 비넌 말이,

"부처님 나는 한 눈만 멀녀 주소서."

하더라.

四十四. 새매와 농부

새매가 꿩을 쏫다가 조밧헤 쳐노흔 그물에 걸닌지라. 농부끠 애걸하넌 말이,

"내 평생에 생원님끠 해로은 일한 배 업스니 살녀주시오."

하거널, 농부가 우스며 대답하되,

"그러면 꿩은 네게 무신 해로은 일을 만히 하엿기 네가 잡으려고 쏘처 단니너냐?"

하더라.〈38〉

四十五. 제비의 충고

제비가 세계 유람을 널히 하야 지식이 츌중한지라. 하로는 농부가 노끈 쏘넌 삼씨를 심으넌 것을 보고 생각하니, 그 삼이 잘아면 노끈이 되야 그물을 쎠서 들에 잇넌 새들이 만히 잡힐 터이라. 제비가 그 동포를 사랑하넌 마음으로 여러 새들을 모하 놋코 연설하되,

"저 삼이 잘아면 우리 동포의게 큰 해가 될 터이니, 우리 가서 삼씨를 낫낫히 다 집어 먹어 후환을 업시하자."

하고 지성으로 권한대, 여러 새들이 우스며 혹은 말하되,

"맛 업넌 삼씨 먹너니 다른 곡식 먹지."

하며, 혹은,

"아모리하기로 나야 잡힐가?"

하며, 혹은,

"오활한 소래 마라. 그런 짓〈39〉안코도 우리 사천년이나 잘 사럿다."

하며, 혹은,

"애고! 나는 늘것스니 설마 내 생전에야 엇덧켓나?"

하고 제비 말을 듯지 안터니, 미구에 삼씨가 잘아서 싹이 파릇파릇 나넌지라. 제비가 다시 새들의 연설하야 아직도 늦지 아느니 어린 싹을 모도 먹어바리자 하되, 새들이 듯지 안코 도로혀 제비더러 밋첫다 하며 물정을 모른다 하며 역적을 모의한다 하야 몽둥이로 싸려 쏫쳐서 새 총중에 들지 못하게 하엿더니, 멋달 후에 그 삼이 무성함애 농부가 거두어 썹줄을 벗기여 노끈을 쏘와 새 그물을 쩌서 새를 수업시 잡아 업시하니, 그제야 새들이 제비의 충고를 생각하고 듯지 아니함을 후회하더라.〈40〉

● 후회도 안난 사람보다넌 낫다.

四十六. 종달새의 지각

종달새가 수수 밧헤 삿기를 두고 날개 나기 전에 일군들이 와서 수수를 베여 갈가 염녀하야 먹을 것 구하려 나갈 째마다 삿기들의게 당부하야 밧 님자가 오거든 무신 말하나 자세히 드러 두라 하고 나가더니, 하로는 집에 도로온즉 삿기들이 무서워 벌벌 쓸며,

"어머니, 어머니, 큰일 낫소. 앗가 밧 님자가 그 아들더러 내일은 동내 사람들을 좀 청하여 수수를 베이라 하니 오늘 밤이라도 곳 이사합시다."

하거널, 어미새가 우스며,

"걱정 말고 잠이나 자거라. 동내 사람을 청하려면 내일은 일 못한 〈41〉 다."

하고, 그 잇흔날 어머새가 쏘 여전히 나갓더니, 일직이 밧 님자가 밧헤 와서 동내 사람을 기다려도 오지 안넌지라. 그 아들더러 말하되,

"이것 보아라. 동내 사람이라고 밋을 수 잇너냐? 래일은 우리 일가 사람들을 좀 청하야 일 좀 하여 달나자."

하고 가거널, 저녁에 새 삿기들이 그 어미를 보고 밧 님자가 하던 말을 다하고 밤으로 써나자고 졸은대, 어미새가 태연히 저녁을 먹으며 하넌 말이,

"일가도 쓸 데 업너니라. 아모 염녀 말고 래일 쏘 밧 님자의 말이나 잘 드러 두어라."

하고, 그 잇흔날 쏘 버리하러 나갓더니, 밧 님자 부자가 와서 종일 기다려도 일가 사람 하나토 오지 안넌지라. 밧 님자가 분하야 아들더

〈42〉러 일으되,

"동내 친구도 쓸 데 업고, 일가 사람도 밋을 수 업스니, 래일은 낫 둘만 잘 갈어 가지고 나고 너고 둘이 이 수수를 베여 바리자."

하고 가거널, 어미새가 도로와 그 말을 듯고,

"어린 것들아, 인제넌 우리가 이 밧을 써나야 살겟다. 누구던지 제 일을 제가 하려 들면 다 되나니라."

하고, 그 밝넌 날 일직이 다른 밧흐로 이사하엿더니, 과연 그 날 밧 님자 부자가 수수를 다 베이더라.

* 네 일을 잘 하려거든 네가 하고, 잘못하려거든 남 식혀라.

四十七. 여호와 신포도

하로는 여호가 길을 가다가 배가 곱흐던 차, 포도넝쿨에〈43〉포도 송이가 놉흔 데 늘어진 것을 보고 먹으려고 쮜여도 킈가 자라지 안넌 지라. 할 수 업서 가며서 하는 말이,

"못된 포도갓트니! 너갓치 시고 떫운 포도를 누가 량반이 먹것니?"

하더라.

四十八. 양과 늑대의 평화조약

늑대가 양을 잡어먹으려 하나 수직하던 개가 무서워 마음대로 못

하더니, 한 번은 늑대가 특명전권공사를 보내여 양들을 쐬여 갈오대,

"우리가 본래 형뎨갓튼 쳐디에 이와 입설갓치 서로 의지할 터인데, 간흉한 개들이 반간하야 원수가 되엿스니, 자금이후로넌 평화조약을 정하야 영원히 안녕[녕]을 보호하고 독립부강을 도모하되, 볼〈44〉모가 업스면 밋기가 어려우니, 그대네들은 개를 볼모잡히고, 우리는 삿기들을 볼모잡히여 피차의 의심 업슴을 표하자."

하거널, 양들이 대희하야 외부대신 훈일 등을 보빙대사로 정하야 늑대 굴에 가서 평화조약을 매즌 후에 각기 볼모를 교환하엿더니, 늑대가 개는 죽여 바리고, 양더러 말하되,

"우리 삿기들의 우넌 소리를 들은즉 필경 너희가 학대함이니 약조를 배반하엿다."

하고 양을 다 잡어먹더라.

四十九. 나귀의 지각

나귀 한 놈이 소곰 한 바리를 지고 물을 근너다가 너머저서 소곰이 다 물에 풀녀 업서짐애 짐이 가벼워 매〈45〉오 편한지라. 그 다음에 솜 한 바리를 싯고 물을 근널 쩨에 소곰바리 생각을하고 진짓 너머젓더니, 솜에 몰이 배혀 몃 갑절이 더 무겁더라.

五十. 톳기와 자라

토끼가 자라의 둔하고 재조 업넌 것을 흉보고 활 한밧탕즘 표를 세우고 누가 몬저 가나 낵이할 새, 톳기가 쌍총쌍총 쮜여가다 도라보니, 자라가 꿈칠꿈칠하고 오지 못하거널, 톳기가 쌀쌀 우스며,

"그럿케 것다가넌 백 날 하여도 못오겟다. 나는 한잠 자고 가겟다."

하고, 소나무 밋헤서 누워 잘 동안에 자라는 쉬지도 안코 밧부지도 안케 제 거름대로 가더니 톳기가 잠을 쌔여본즉, 자〈46〉라가 벌서 표 세운 데 가서 담배 먹고 안젓더라.

五十一. 여호와 평화 담판

하로는 여호가 먹을 것을 차저단니다가 슷닭 한 마리가 나무 우헤 안즌 것을 보고 욕심이 동하야 처다보고 우스며,

"여보게, 동생님. 나려오게. 여러 즘생들이 만국 평화회를 꿈이고 쌈도 안코 서로 잡어먹지도 안키로 졍하엿스니, 자내와 나도 인제는 형뎨와 갓흐니 나려와 인사하고 지내세그려."

슷닭이 쌀쌀 웃고 먼 데를 한참 보더니,

"저긔 산양개 한 쎄가 오니 아마 평화회에 참녜하고 자내보려 오나 봐."

여호가 얼골이 노래지며,

"아ㅣ, 그런가? 내가 좀 밧비 볼 일 잇서 곳 가야겟네."

하고 쏘리가 빠지게 다라나더라.

五十二. 개미와 멧쒸기

멧쒸기가 여름에 소리나 하고 놀고 먹다가 겨울이 됨애 긔한이
자심하야 동내 사넌 개미를 가서 보고 량식을 구걸하되,
"몃달만 지나면 장리로 갑흐마."
한대, 개미가 뭇넌 말이,
"여름내 무엇을 하엿기 겨울 량식도 못 작만하엿나?"
"밤낫 노래하고 지냇네."
"그러면 가서 춤이나 추게."
하더라.

五十三. 촌사람의 변덕

한 촌사람이 송아지 한 마리를 일코 사면 차즈되 업거널, 산신끠
빌되 송아치 홈처간 도적놈만 찻게하면 〈48〉도야지 한 마리로 고사
지내마 하엿더니, 몃 거름 가지 아니하야 본즉 큰 호랑이가 그 송아
치를 방장 먹고 안젓거널, 촌사람이 혼이 나서 다시 빌되,
"산신님, 산신님, 앗가는 송아치 도적놈을 찻게하시면 도야지 한
마리를 드리마 하엿스나, 지금은 그 도적놈 눈에 쎄우지만 안케 하시

면 황소 한 마리를 드리오리다."
하더라.

五十四. 농부와 운수

한 농부가 밧 갈다가 금 한 뎅이를 웃어가지고 깃븜을 이긔지 못하야, 그 금뎅이를 보고 무한 감사하거널, 운수가 그 농부다려 말하되,

"왜 그 금뎅이만 곰압다고 하고, 내 생각은 아니하더냐? 만일 금뎅이를 일엇더면 내 탓 몬〈49〉저 하엿것지."
하더라.

五十五. 양과 개

양들이 하로는 수직하넌 개를 보고 칭원하기를,

"우리는 년년히 털을 싹거 쓰고 잡어 먹으면서 먹이기는 풀만 먹이고 개는 털도 쓸 데 업고 고기도 못 먹으되 귀염도 밧고 먹기도 잘하니 이런 고르지 못한 일이 어데 잇나?"
한대, 개가 우스며,

"네 모르넌 소리 마라. 내가 밤낫 너희들을 보호 아니하면 늑대와 도적놈이 모도 잡어갈 터이니 그때는 풀도 못 먹으리라."

하더라.

五十六. 여호와 나귀

나귀 한 놈이 사지 가죽을 쓰고 산중으로 도라단님애〈50〉, 여러 즘생들이 보고 다라나거널, 나귀가 깃버하야 여호를 보고 소리를 질은대, 여호가 처음에는 놀냇다가 소리롤 듯고 박장대소하며 하 넌 말이,

"이 못생긴 놈아, 사지 껍즐을 썻거던 입이나 다물고 잇지 누구들 처럼 무엇이니, 무엇이니 하고 남의 위엄으로 의긔양양 하너도 그 짜위로구나?"

하더라.

五十七. 여호와 수닭

하로는 여호가 닭을 잡어먹으려 가다가 덧헤 치인지라. 수닭을 보고 억지로 우수며,

"아오님, 이것 보게. 자내 보러 오다가 이 디경을 당하엿스니 자내 가 살녀주어야 아니하겟나? 가서 막대 하나만 갓다가 덧을 밧치면 내〈51〉가 나가서 자내 은혜를 평생 잇지 안켓네."

숫닭이 대답하되,

"세 조흐면 잡어먹고 위태하면 의형데니, 너갓흔 소인은 살녀 무 엇하리?"
하더라.

五十八. 점쟁이

한 점장이가 길가에 안저서 점치고 관상하고 사주 보아 생애하더 니, 하로는 엇던 소년 하나히 황급히 와서 점장이 집에 불이 낫다 한디, 점장이가 창황히 달녀가 본즉, 집에 불난 일이 업거널, 그 소년 의 허무함을 책망하니, 소년이 우수며,
"네 집 일도 모르면셔 남의 일을 안다고 점치너냐?"
하고 가더라.

五十九. 혀바닥 잔치

〈52〉한 부자가 청직이를 불너,
"오늘 여러 손님이 올 터이니 돈 앗기지 말고 뎨일 조흔 음식으로 잔치를 차리라."
하엿더니, 상 들인 후 본즉 만반진수를 다 각색 즘생의 혀로 만든지 라. 주인이 대로하야 청직이를 걱정하되,
"혀쌔닥이 뎨일 조흔 음식이냐?"

한대, 청직이가 대답하되,

"혀라 하년 것은 지식과 학문을 발달하년 긔관이요, 턴하에 크고 조흔 일이 혀로 말미암지 안년 것이 업스니, 혀보다 더 조흔 물건이 업나이다."

여러 손님들이 청직이의 지각을 칭찬하거널, 주인이 다시 분부하되,

"혀가 네 마음에 뎨일 상등 음식이라 하니, 내일은 네 마음에 뎨일 하등 음식으로 잔치를 차리라."

하고 손님을 청하엿더〈53〉니, 그 잇튼날도 또 각색 즘생의 혀로 상을 차려 온지라. 주인이 더욱 분하야 청직이를 꾸지저 왈,

"어제는 혀가 가장 상등 음식이라 하더니, 오날은 뎨일 하등이라 하니 네 감히 나를 희롱하너냐?"

하고 청직이를 잡아 가두라 한대, 청직이가 말하되,

"죄는 당하더라도 한 말삼이나 알외겟삽나이다."

한대, 손님들이 주인을 권하야 허락하니, 청직이 말이,

"셰상에 그른 일마다 혀가 상관 안년 일이 어데 잇스릿가? 적으면 패가망신과 크면 나라를 결단내년 것이 다 혀의 조화오니 혀보다 더 못된 음식은 업나이다."

하거널, 만당 빈객이 청직이의 의사를 긔특이 녀기여 주인을 권하야 잔치 잘못 차린 죄를〈54〉용서케 하더라.

六十. 박쥐

하로는 족저비가 박쥐를 잡아먹으려 한대, 박쥐가 살녀 달나 애걸하니 족저비 말이 새를 약에 쓸 터인즉 노흘 수 업다 하거널, 박쥐가 대답하되,

"내 몸을 보면 쥐가 분명하고 새가 아니라."

한대, 족저비가 그리 알고 노화 주엇더니, 몃칠 후에 고양이가 그 박쥐를 잡아 쥐로 알고 먹으려 한대, 박쥐가 소리 질너 하넌 말이,

"세상에 쥐도 날개 잇더냐? 상관 업넌 터에 애매흔 새를 죽이지 마라."

하니, 고양이가 올케 녀기여 살녀 보내더라.

六十一. 농부와 법학사

〈55〉한 농부가 한 법률학사를 가 보고 하넌 말이,

"오늘 아침에 내 소가 댁 소를 바더 죽엿스니 그러한 가여울 데가 잇소. 엇지하면 조켓소?"

법,

"그야 다시 두 말할 것 잇소. 댁 소가 내 소를 죽여스니 죽은 소 대신 그와 갓흔 소를 당장 물어 노시오."

농부,

"그 일을 말심이오, 아차! 그러나 내가 잠간 이젓소. 내 소가 댁

소를 바든 것이 아니라, 댁 소가 내 소를 죽엿스니 엇지 하나요?"

법학사가 기침을 하면서,

"그야 사실해 보아서 만일"

농부,

"여보! 댁 소가 죽엇다 할 쌔는 사실도 업고, 만일도 업시 물어노라 합듸다그려. 두말 말고 내 소 물어 노시오."

하니, 법률학사가 아모 말도 못하더라.〈56〉

六十二. 이소푸의 지식

이소푸가 남의 종으로 잇슬 때에, 하로는 그 주인이 이소푸를 목욕 집에 보내여 사람 유무를 알고 오라 하엿더니, 이소푸가 가 본즉 목욕 집 문 압헤 큰 돌 하나가 잇서 출입하년 사람이 만히 그 돌에 걸녀 너머지되 다 모르년 체하더니, 그 중에 한 사람이 그 돌을 굴녀 걸니지 아늘 데로 치여 놋커널, 이소푸가 그 주인끠 와셔 목욕 집에 사람 하나밧끠는 업십듸다 한대, 주인이 고지 듯고 곳 가 본즉, 목욕 집에 사람이 가득한지라. 주인이 이소푸를 꾸지저 왈,

"이 만흔 사람을 보고 와서 하나밧끠 업다 함은 엇진 일이뇨?"

이소푸가 대답하되,

"앗가 본즉〈57〉목욕 집 문 압헤 돌 하나가 되여 들고 나년 손님이 만히 너머지되, 그 돌을 치우년 자가 업더니, 다만 한 손님이 그 돌을 업시할 지각이 잇스니 그밧끠는 사람이 업다 하엿나이다."

하더라.

六十三. 톄증과 검의

염라대왕이 짤 형뎨를 두엇스니, 하나는 톄증이오 하나는 검의라. 인간의 내여 보낼 쌔 각기 그 소원을 물은대, 톄증이 말하되,

"부자와 귀인들은 고대광실에 잘 살고 의원도 만코 약도 흔한즉 나를 편히 붓처두지 아니할 터이니 나는 시골 의원도 업고 약도 업넌 촌가에 농부의 집으로 보내 주소서."

한대, 검의는,

"나는 조흔 내궐로〈58〉보내시면 널직한 데, 내 마음대로 줄을 치고 집을 짓겟나이다."

하거널, 염라대왕이 그 소원대로 보내엿더니, 검의는 대궐 안헤 기중 조흔 침방에 들어가 줄을 첫더니, 아츰마다 하인들이 들어와서 비로 사면 구석을 슬어 검의줄이 잠시도 용납할 수 업고, 쏘 톄증은 농부의 집에 가서 살녀 하나, 농부가 날마다 일즉 자고 일즉 일어나 논과 밧과 산으로 종일 쉬지 안코 일함애, 음식이 잘 소화하야 톄증이 틈을 탈 길이 업넌지라. 톄증과 검의가 다시 의론하고 거처를 밧고와 톄증은 고량진미에 저즌 귀인의 집으로 가서 잇스되 의원과 약이 감히 쏫지 못하고, 검의는 구차한 농부의 집에 가서 욕심대로 줄을 〈59〉치되 썰어내넌 자가 업더라.

六十四. 새앙쥐와 고양이

새앙쥐가 구녕을 쩌나 세상 구경을 나갓다가 도로 와서 어미쥐 다려,

"어머니, 오늘 조흔 구경 만히 하엿소. 두 즘생을 보앗난데, 하나는 털이 곱기가 비단갓고, 목소리가 나즛나즛한 것이 노르스럼한 눈을 나려 감고 모냥이 점잔코 온순하되, 한 놈은 턱밋과 대강이에 불근 살점이 뒤룩뒤룩하며 활개를 치고 소리를 엇지 몹시 지르난지 내가 고만 혼이 나서 오너라고 그 털 고흔 즘생과 인사도 못해서 분해 못 견듸겟소."

어미쥐,

"이 철 업난 자식아! 지각 업난 소리 마라. 그 날개 치고 소리〈60〉 지르던 것은 일홈이 숫닭이라. 외모는 흉해도 마음은 착하야 우리와 평생 시비가 업스되, 고 얌잔하고 눈 나려 감고 잇던 놈은 고양이라. 것흔 공순하나 속은 간흉하야 네가 엽헤만 갓더면 죽엇슬 터이니 부대 외모로 친구 사귀지 마라."
하더라.

六十五. 장사와 시비

한 장사가 길을 가난데, 조고마하고 이상한 즘생 하나히 덤븨거널, 장사가 철퇴를 쌔여 힘것 싸림에 당장 죽을 줄 알엇더니, 그 즘생이

삼 배나 더 커지고 더 무섭게 덤븨난지라. 장사가 더욱 분하야 용맹을 씀내여 친즉, 그 즘생이 점점 커지며 나종에난 산쩡이갓치 길을 가⟨61⟩로막난지라. 장사가 힘은 지치고 분은 더하야 엇지할지 몰으더니, 한 로인이 지나다 보고,

"여보, 이 소년. 그 즘생의 일홈은 시비라. 근들이면 커지고 가만두면 졸어지난 것이니, 헛 애 쓰지 말고 몰으난 체하면 저절노 업서지리라."

하더라.

六十六. 이소푸와 바닷물

이소푸의 쥬인이 친구들과 선유할 새, 술에 대취하야 롱담하다가, 한 친구가,

"자내, 술을 그리 잘 먹으니 이 바다물 다 먹겟나?"

쥬인,

"다 먹지. 못 다 먹으면 가대 전답을 다 자내 줄 터이오, 다 먹으면 자내 가대 전답을 나 쥬려나."

친구,

"그리 하세."

하고, 여러 중인 압헤서 둘이⟨62⟩약조한 후 반지를 밧구어 맹세하고 허여젓더니, 그 잇튼날 쥬인이 술이 쌔여 본즉 반지가 다른지라. 괴이히 녀기여 이소푸다려 물은대, 이소푸가 작일에 약조한 말을 다하

니, 쥬인이 황겁하야 계교를 물은대, 이소푸의 말이,

"약조는 억일 수 업스나 면할 도리는 잇스니 내 말대로 하소서."

하고, 계교를 작뎡한 후에 바다 가에 나가니, 내기할 사람과 구경군이 구름갓치 뫼힌지라. 이소푸가 해변에 큰상을 놋코, 상 우에 대접을 놋코, 하인들이 국자를 가지고 돌나서서 바닷물을 쩌 내기로 차리며 쥬인은 상 압혜 가서 대접을 들고 바닷물을 먹으려 하니, 보난 사람들이 이상히 녀기여 쥬인이 밋친 사람으르[로] 생〈63〉각하야 혹 불상히 녀기며 혹 조롱도 하거날, 쥬인이 한 손에 바닷물을 쩌서 들고 먹으려다가 다시 생각 하더니, 그 내기한 친구다려,

"우리 약조는 이 바닷물을 내가 다 먹음아 하엿고, 강물과 내물 먹자난 약조는 업스니, 각처에서 뫼혀 들어오난 강과 내물을 자내가 먹어버리던지, 다른 데로 보내버리면 내 이 바다를 금방 다 먹음세."

하니, 여러 사람이 그 말의 재조 잇슴을 칭찬하고 약조를 파하더라.

六十七. 사지의 흉계

본래 사지의 외모는 영특하야 위풍이 름름하나 힘은 업서 다른 즘생들과 평교로 지내더니, 산중왕이 된 후에〈64〉여러 즘생을 모화 놋코 말하되,

"여러 분의 덕으로 내가 산중왕이 되엿스나 긔운이 업스면 내 동포 형뎨들을 보호하고 명령할 수 업스니 여러분이 각기 힘을 조곰식만 덜어주면 내 그 힘을 가지고 백성의 행복을 도모하야 조곰이라도

여러분의 호의를 저바리지 아니하리라."

하거날, 개와 도야지는 성질이 비루하고 양과 염소와 나귀는 쇼견이 업난지라. 도야지가 총대로 나서서,

"대왕님 처분이 지당하외다. 님군은 하눌이오, 백성은 짜이라. 군 명을 억의난 백성이 어대 잇스릿가? 위선 신등의 힘을 반식 대왕끠 밧치나이다."

하니, 여러 즘생들이 손벽을 치며 도야지의 충성을 탄식하난 중, 코 씨리가 말하되,

"대왕⟨65⟩이 덕을 쥬장하고 힘을 구할 것이 아니요, 사지의 힘이 다른 즘생보다 십빅 배가 더 되난 날은 아모도 마음 놋코 잘 수 업슬 터이니, 나는 도야지씨의 의견을 반대하오."

이 말을 듯고 당나귀가 유건 도포를 정제히 하고 소리를 벽력갓치 질너 말하되,

"아니오. 사지 대왕끠 힘을 십빅 배 들이고도 날마다 맹자를 외여 들니여 즘생 하나를 죽이려 하여도 국인이 다 죽이난 것이 가타한 연후에 죽이고, 즘생 하나를 쓰려 하여도 국인이 다 좃타한 연후에 써서 일동일정을 맹자 말삼대로만 하면 사지 대왕의 긔운이 빅만 배 되기로 빅성이 무서울 것이 무엇이오?"

한대, 여러 즘생이 나귀 소리에 놀내고. 쏘 그 충성과⟨66⟩학행과 도 포의 유건을 감탄불이하며, 사지는 속으로 깃버하야 도야지는 슐슐 원경 겸 귀족관 대제학 돈충공을 봉하고, 나귀는 팔삭관 대사성 라팔 원 대총재 장이대장을 식히고, 호박곳 대수장을 주고 월급은 매일 쏠 한 뭇식 차하하니, 다른 즘생들이 도야지와 당나귀의 부귀함을

보고 벼슬할 욕심이 발동하야 각기 제 힘 반식, 혹 십분지구식 밧치니, 사지의 용맹이 졸지에 여러 즘생보다 십백 배가 더한지라. 긔탄할 바가 업슴애, 곳 그 자리에서 양과 개와 도야지를 마음대로 잡어먹고, 나귀는 저녁밥으로 잡으려 한대, 나귀가 맹자 말삼을 외되,

"국인이 개왈 가살이 아니면 못 죽이나이다."

한대, 사지〈67〉가 쌀쌀 우스며,

"이놈아, 맹자 말삼을 자세히 본즉, 가부라 하난 권은 국인의게 잇스나 살펴본 후에 행하고 안키는 내게 잇스니, 국인은 다 너를 죽이지 말나 하나, 내가 내 배속을 살펴본즉 너를 먹어야 배가 부르겟다."

하고 잡어먹거날, 코끼리가 탄식하되,

"여러 즘생이 사지의 어육 됨은 나귀가 글 잘못 닑은 탓이라."

하고 산중으로 가더라.

六十八. 말의 성명

하로난 여호가 말을 처음 보고 이상히 녀기여 늑대를 차저보고 꾀우되,

놈 보니, 다리는 설멍하니 아조 못생겻데. 우리 가서 잡어먹세."

늑대가 깃버하야 갓치 가〈68〉서 본즉, 말은 조곰도 아난 체 안코 풀만 뜻어 먹거날, 여호가,

"여보! 이 량반 뉘 댁이시오? 우리 인사합세다."

말,

"예, 조흔 말슴이오. 내 성명은 내 뒤발에 써 가지고 단이니 와 보시오."

여호,

"우리 부모가 간난하야 나를 천자 한 권도 못 가룻첫스니 댁 발 보기로 알 수 잇소마난 여긔 이 친구 늑대씨는 화족에 글 잘하기로 유명하야 마록관 대제학까지 하엿스니, 댁 발을 뵈시오."

한대, 늑대가 여호의 칭찬을 깃버하야 말 뒤로 가서 성명을 보려 한즉, 말이 뒤굽을 보기 좃케 들엇다가 늑대 주둥이를 긔운잇게 한 번 차니, 늑대의 턱이 깨저 쌍에 잡버저 정신을 차리지 못하거날, 여호가 웃고 돌어서며 〈69〉하난 말이,

"화족이 말족만 못하고나."

하더라.

六十九. 로인과 당나귀

한 로인이 어린 아들을 다리고 나귀를 팔너 장에 갈 새, 한 행인이 보고,

"이 지각 업난 로인아! 어린 아해는 걸니고, 나귀는 빈 몸으로 가게 하니, 그래 아들이 나귀만 못하단 말이오?"

로인이 곳 그 아들을 태우고 뒤짜러 가더니, 그 다음 행인이 보고 욕하난 말이,

"절문 놈은 타고 로인은 걸으니, 어린 놈이 호래자식이로고!"

로인이 그 아들을 나리고 자긔가 타고 가다가 녀인 둘이 보고 손구락질 하며,

"저 도척이 갓흔 로인 보아라. 자가는 타고 어린아해는 걸니니 수염 갑시나 좀 하지."

로인이〈70〉그 아해를 뒤에 올녀 놋코 둘이 타고 가더니, 한 행인이 그 나귀가 남의 것이냐 뭇거날, 로인이 자가의 나귀라 한대, 행인이 쌀쌀 우수며,

"댁이 그 나귀를 하도 몹시 굴기에 남의 것인 줄 알엇소 나귀 쌀을 보니 둘이 타고 가너니 메고 가는 것이 낫겟소."

로인이 그제는 나귀 네 죡을 잡아매여 장째로 꾀여 아들과 둘이 메고 장으로 갓더니, 장군들이 보고 엇지 웃고 조롱하던지, 그 로인이 붓그럽고 분하야 아들과 나귀를 다리고 집에 와서 탄식하되,

"남의 뜻만 맛추려다가 내 일만 낭패하엿다."

하더라.

七十. 황새와 부어

한 늘근 황새가 눈이 어두어 물속을 잘보지 못하야〈71〉고기를 잡을 수 업난지라. 하로난 방죽 가에 안저서 생각하더니, 부어 한 마리가 물 우헤 소서 단니거날, 황새가 정다히 인사하되,

"부참봉! 평안하시오?"

부,

"댁은 요사이 관보도 못 보시오. 내가 직각한 지가 벌서 멋칠이오."

황,

"내 몰낫소그려. 치하좀 하세다. 그러나 안 된 일 잇소. 어제 내가 여긔 섯노라니, 방죽 쥬인이 어느 친구와 이야기하난데, 이 보름 안으로 이 방죽을 다 치고 고기를 잡겟다 합듸다."

부어가 그 말을 듯고 급히 몰속으로 들어가 어족 종회를 모흐고 황새의 말을 반포하니, 종회의서 부직각을 황새의게 대표로 보내여 고기 사회를 보전할 방침을 물은대, 황새가 흔연히 대답하되,

"자, 조〈72〉흔 수가 잇소. 저 산 밋헤 내가 여름이면 피서하려고 만들어 둔 연못이 잇스니, 부어국 팔백만 동포를 내 입으로 하나식 뫼서다가 그 연못에 늣코 여러분의 편안홈을 보호하여 드리리다."

한대, 부어들이 황새의 의긔와 은혜를 감사하야 그 말대로 하엿더니, 황새가 고기들을 물어다가 얏흔 못에 느어두고 날마다 마음대로 잡아먹더라.

七十一. 즘생의 재판

한 번은 산즘생 중에 몹쓸 병이 퍼저서 만히 죽난지라. 여러 즘생들이 회의하고 택일하야 각기 지은 죄를 자복하야 그 중 큰 죄 지은 자를 죽이여 산신의 노염을 풀〈73〉[2]자 하야 여호로 재판관을 삼어 여러 즘생의 공초를 밧을 새, 사지가 몬저 말하되,

"내가 무죄한 양과 개를 만히 죽이고, 또 하로난 배가 엇지 곱흐던
지 양 보난 사람까지 잡아먹엇스니, 내 죄가 대단히 크지마난 나는
산중왕이니 알아 하시오."

여호가 우수며 공손히 말하되,

"황송하외다. 대왕님이야 못생긴 양 마리나 잡수섯던지 살인을 좀
하섯던지 무슨 죄가 되오릿가?"

하니, 여러 즘생이 여호의 충직함을 감탄하난지라.

그 다음에난 호랑이, 늑대, 곰, 표범이 차례대로 살생한 죄를 자복
함애, 여호가 다 조흔 말노 무죄 방면으로 선고하거날, 당나귀가 눈
물을 흘니며 자복하되,

"나는 누구를 해친 일은 업스나〈74〉[3]하로난 길가다가 배는 곱흐
고 먹을 것은 업서 억지로 참다 못ᄒ야 절 압혜 잇난 풀을 두어 입사
귀 뜯어 먹엇스니 용셔하……"

말을 맛초기 젼에 여호가 눈을 불읍쓰며 소리를 질너 벽력갓치
호령하기를,

"용서, 이놈. 용셔, 붓처님 계신 절 압혜 잇난 풀을 먹다니! 그런
턴디간 대죄을 범하고 용셔가 다 무엇이냐? 녀갓흔 큰 죄인을 죽여
야 산신의 노염을 풀고 여러 즘싱의 청백한 명예를 손상치 안켓다."

하고, 곳 나귀를 잡아 산신끠 고사 지내고 고기난 먹어바리니, 재판
관의 지공무사한 송셩이 산중에 가득하더라.

    • 작은 도젹질하면 증[징]역이오, 큰 도덕질하면 부귀.

---

2) 원문은 〈74〉로 되어 있으나 오식(誤識)이다. 이에 번호를 바로 잡는다.

3) 원문은 〈73〉으로 되어 있으나 오식(誤識)이다. 이에 번호를 바로 잡는다.

우순소리

- 영인본 -

이나 선물 없어 하얗 준비ㄹ 하나식 주는것임니 이고
말도 말로가 만ㄴ 하다라

사하양 한 것는것이 손사하양 다 얼는것 거나
낫다

二 쥐의 회갑 잔례

하로는 여호가 길가다가 한쥐의 이론쥬 사람의 합세
의예 하랜케 이른 사인 인행을 보고 청천 하거ㄹ 여
초가 한체 보다가 들앙서 가며 한살의 「ㅎ모ㄴ 束中
마ㄴ 손이 엇서 졍졍하다」

마ㄴ세 부귀 뎌신 비ㅁ을 ……이 이여초가 두옹이라
헐지

三 고양이와 원숭이

고양이와 원숭이가 한쌍즁에 얻다의 사 보ㄴ 들의 작 난이
두샹하양 원숭이는 보난쟝ㅁ다 하쳐고 고양이는 위쟝기
난 마음이 여고 쳔한단 비사들ㅁ니 하로는 화로에 ㅁ
굿밧졍을 보고 해승이가 고양이를 꾀ㄹ 합ㅎ되「ㅇ고ㅇ
져 군밤ㅁ을 집밧식련 우리들이 넣 에겓소 마ㄴ 예손에
헝쇼쳐를 뎌가 못하니 쳥ㅁ이 션내서 어」고 합ㅁ을 맟고
고양이가 화로에 뎌를 뎧쳐먼서 밤ㅁ을 하나식 뎌꺼놋는
대로 원숭이ㄴ 날쩍 맙아니 죻아의 비ㅁ어어에 고양이ㄴ
발 데이고 땅아 없노 못겨고 뎌함아ㅎ니라

의희의 선악들ㅁ이로 마ㄴㅎ하ㄴ 사람ㅁ을 셩아 죠ㅎ 하

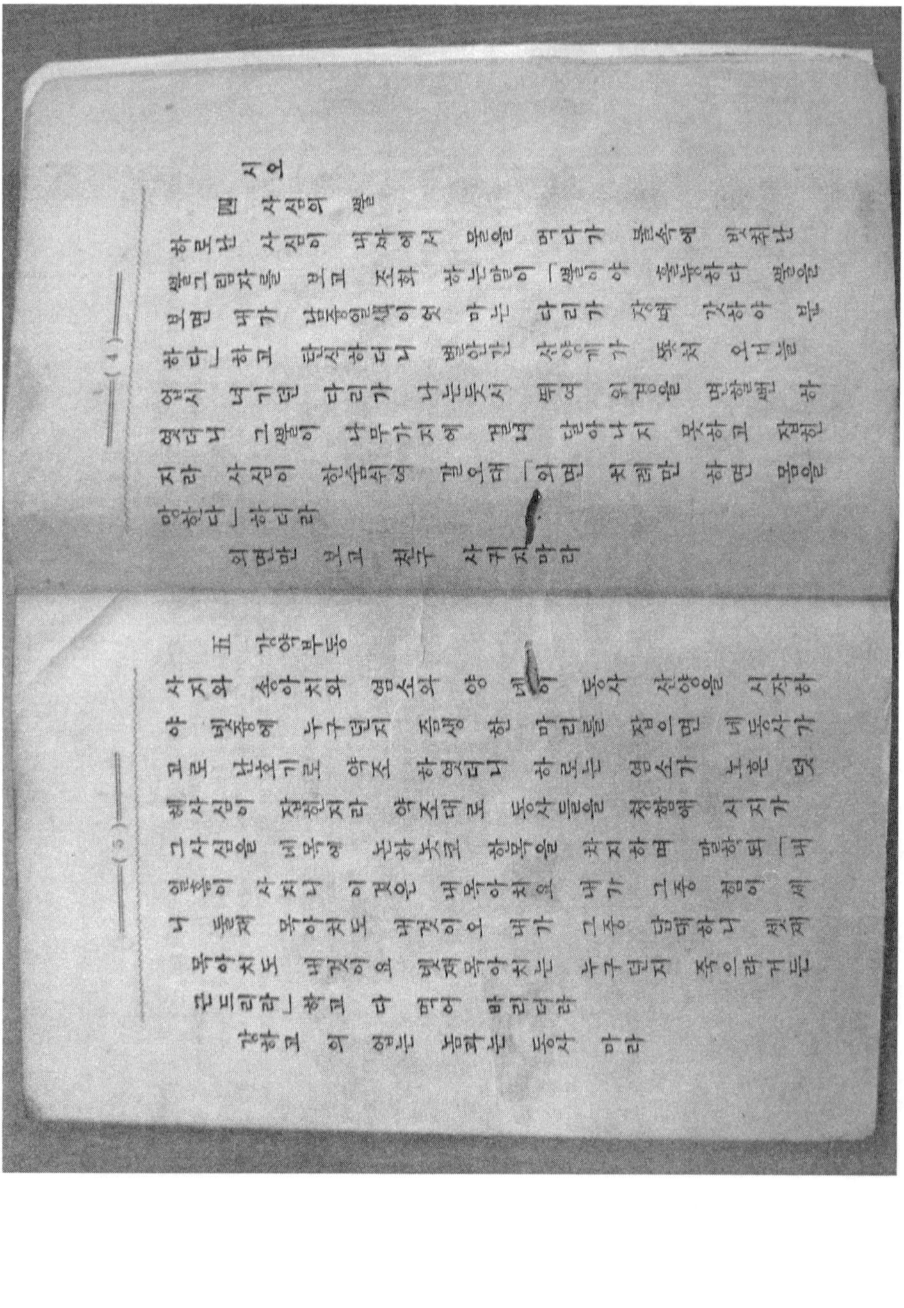

六 쳥쳥 말혼 꾀

계가 교가 한영이를 쳐서 물고 다리를 건너가다가 그림자가 물에 빗쵠것을 보고 다른계가 교기영이를 물고 물을 얼고 뼈아스랴고 짓다가 제입에 물엇던 교기 하지 물에 뼈쳐 바리다

입에 교기 한영이가 물속에 엇난 교기 두영이 조타 흐다

七 강한 놈의 꾀

하로는 누대가 내쳬에서 물을 먹다가 해영을 제일죵 보죽 어린 양한 마리가 아래서 물을 먹거늘 누대가 드러 「네 붉은 나서는 물을 얼지 흐리게 흐냐」흐 나는 네 물 아래서 자시고 나는 아래서 먹이나 내가 흐릴수가 엇션」누대가 「작년 봄에 무슴 못쓴대 네가 성화 엿지」흐「쳘 트집도 만소 작년봄에는 내가 나지도 아니흐엿션」누대가 「그러면 비앙이 아 흐엿지」흐「그게 두 손 화엿이어 나는 형도 얼고 아오도 얼션」누대가 헐 말이 업스매 음흥 발통보고 소직며 「네가 나쳬를 죠롱흐고 네의 죵쳑을 죠롱흐며 말을 머드고 내 붉는다 귀챵흐니 너를 아니 죽일수가 업다」흐고 그 양을 먹어 바리더라

악한 놈은 평핑도 엇고 죄핑도 엇다

八 죠심흐는 저

고양이가 여기 광속에 잇는 쥐를 거운 다 잡어 먹은
지라 남은 쥐들이 약속하고 구멍 밧해 나어지 아니함
에 고양이가 한 꾀를 내여 뒷다리로 벽에 잇난 못을
붓들고 것구로 달녀 죽은체 하거늘 늘근 쥐 한 마리가
내다라고 하난말이 「예구 이 흉물앙 죽은체는 그만두고
네 성질에 진즐 너서 노앗서도 내 성해난 아니 가겟다」하
더라

　　못된놈 열 번 체는 믿으로도 가지라

　九　개구리와 황소

개구리 삿기들이 풀밧헤서 놀다가 황소를 보고 놀나
분숙으로 쓸녀가 그 어미를 보고 말삼해대 어미개구리가

「그게 무엇이오 어머니가 얼만 하거도 황소란 하지게
소」어미개구리가 점점 불하야 (배들과셔 불니고 못되
「이만도 그놈만 못할가」아직도 멀엇소」어미개구리가 황
소만 하라고 배를 불녀다 못하야 필경은 배가 터져
쥐더라

　　잘한나라 적오의 레석한 흉내 내다가 망한 나라
　　도 잇난지

　十　세쥐리

쥐들이가 세해의게 잡혀셔 애걸하되「여보 여 갓치 큰
흉악이 나갓른 적은 세들앙난대도 한넘 거리도 못불불
며네 생동가 서니 좀 들이셔」

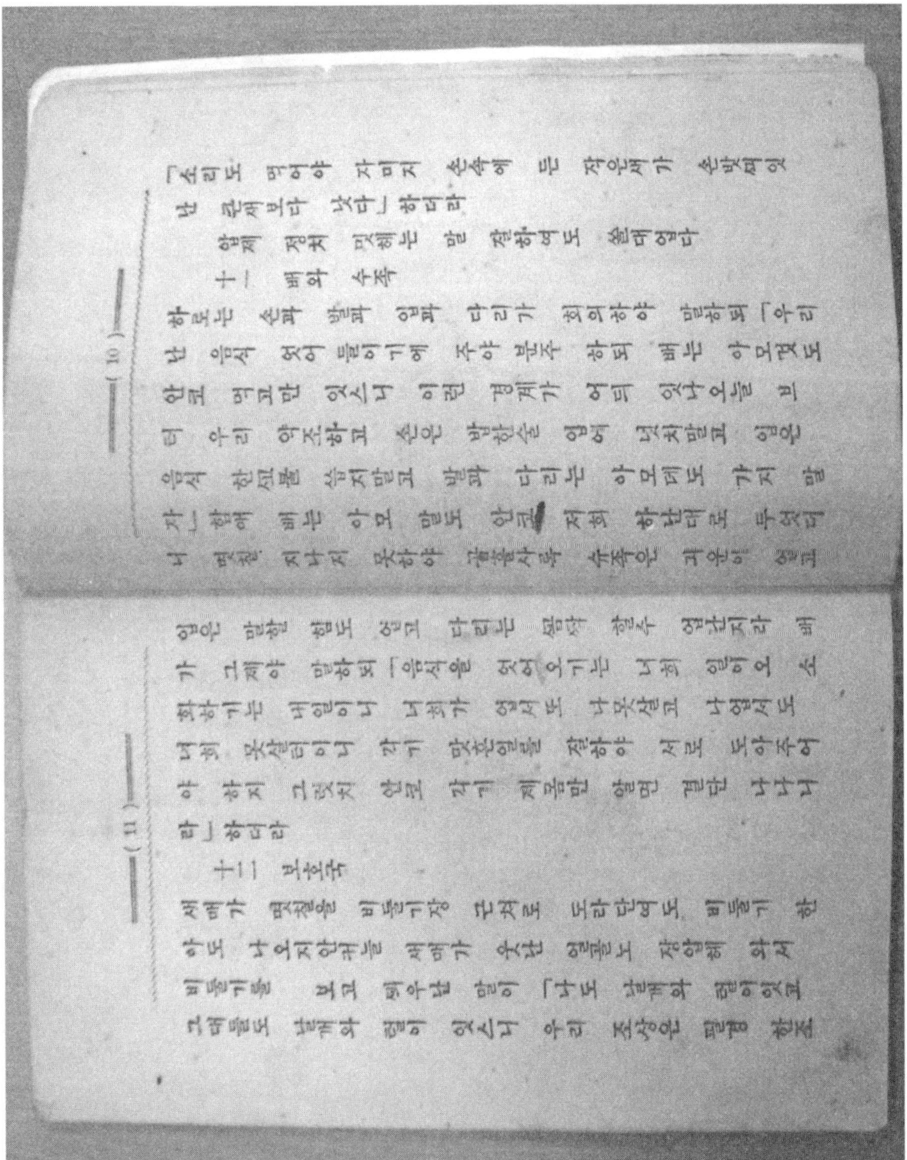

(12)

(13)

(14)

의 지혜와 용맹을 자랑하고 산저는 산저의 용맹과 지혜를 칭찬하야 서로 닷투다가 산양이 듯더니 「너 지 비
산지가 졍녕 우스며 대답하기를」 그 때 무신 힘이 잇겟는
소리냐 그 비를 산저가 쳬면대면 산저가 산양 젼하 의
말 그 힘을 의엿섯더라」 하더라

　十五　산저의 셩질

하로는 산저가 산양하다가 군핍한 남우 미테의 지던
산의에 셩질 뎍당하리가 산지 동에 얼싸놈드리 니 산저가 셩
때의 죵졍함을 가죵에 더우며 노앙 뵈밝겟니 엿겟슝에

(15)

그 산지가 산양 그물에 걸녀 죽게 되엿다 련졀이 산
녀 고비더 셩해가 되저 그들을 쓰라 셩의하리고 산저
를 산녀쥬더라

강쳔자도 약쳔자의 덕을 볼때가 잇스니 강해슬 맛
고 약함을 즁멸하지 말라

　十六　일봉과 꽁져

한 산양이 일봉 들을 무엇인됴 하는 젼교 하나는
들군지라 산녀 머리에 박앗으 젼교 인해가 나 썅아
바리고 편안 힘은 늘근 인해가 썅함 마믐에 다수에
대함이가 되엿더라

　十六　안희와 쌍희

(16)

(17)

나 하고 다 각각으로 가되

十八 술취한 자각

졀문 술취가 방이 들어 주뎨 편지과 그 어미과 려 셩
호되 「어마니 인졔는 할수 업스니 평신대 편과 졀간에
긔도나 좀 호시면 내 방이 나을던지어」 어마 술취가
대답호되 「이는 평신 대편과 졀간에 가서 네나 내가
도적질 아니한데가 잇스면 몰의 되 그러치 안이면 우리
긔도를 누가 뭇것니」 하더라.

남군을 속이고 박성을 학대하야 나라를 망하여 놋
코 졀믄과 션 긔도로 나라 졍사를 비난 산줄
들은 이 술취 자각과 맞하드다

(18)

十九 사자의 졍죄

산중에 산과 사들이 열어 회를 무엇다 사자가 와서
졍죄하거날 가히 마지 못한 대답하되 「관하며 갓츤
사회를 부엇스면 어지 조겠소 맛난 배슬이 호기고 하
한야 졍이 만흐니 대여에 히 하들롤은 다 롤면 힝인고
한대 사자가 대석를 깜깜하 하야 하들롤은 다
페하 잇거날 신부 아비가 모바이로 자긔 졍권과
二十 나무군과 꽃처녀

나무ㅅ들이 산에 올나가 나무를 하다가 한 아헤가 독
코 처지 달나 지하양 여관하들들이 그 폴을 창하야

(19)

二十一 ○○의 ○○

二十二 ○○의 ○○

二十三 ○○의 ○○

여호가 엄소다려 「여보 로챵이 아뭏가를 빠히고 져편
로챵이 꼿흘 드리고 내가 몬져 나가셔 도쌍을 음어리
다」한니 엄소가 고지듯고 향하로 아뭏가를 빠히고 이
러셔나 여호가 꼿흘 드리고 나가셔 들어다보고 조롱하
난말이 「이 못생긴것아 네 지각이 네 수염 반만하여도
쳔 나여러라」하고 가더라

— 二十四　곰과 미련한 사람 —

두사름이 죵한 친구을 갓에 환란 상구 하기로 언약하
고 가더니 한산곤을 들어가져며 뿔읜간 곰이 압흘 막난
지라 한사름은 멀이가 꾀을 내고 도 나아아치로 써

여 올나가고 하나는 닷져 따혈수 업셔 짱에 엎드려
죽은체 하엿다니 곰이 엇비러 사름의 냄새를 맛져 보
더니 판연 죽은줄 알고 가거를 나무아래 업엇던 사름
이 나려셔 무르되 「여보게 앗가 져기 곰이 자뇌 귀
에 대고 무슨 말흘 한것 갓드니 무어지라 하나」한니
엎러졋던 사름이 답하이 「응 다름아니라 자갸앙이 위급
한 사름과는 동행하지 말나 하데」

— 二十五　나귀의 실수 —

한 사름이 나귀 하나 강아지 하나를 부엿더니 나귀가
각죽 상양지는 아모 저조도 업시 주인 행세셔 멱리나
져고 뚜나니하야셔 조흔 음식을 엇어 먹고 주인이 귀

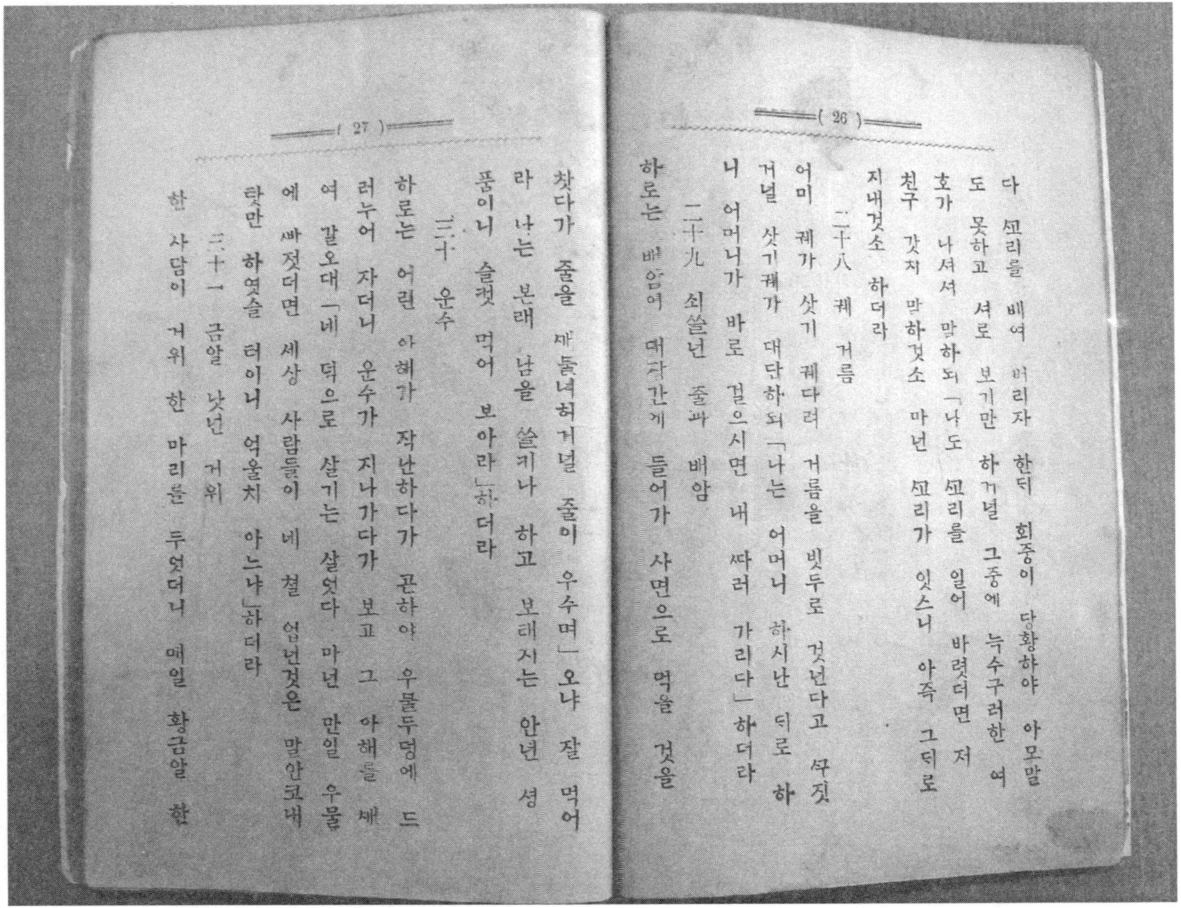

(26)

다 쇠리를 베여 버리자 한뒤 회중이 당황하야 아모말
도 못하고 셔로 보기만 하거널 그중에 늑수구러한 여
호가 나셔셔 말하되「나도 쇠리를 일어 바렷더면 저
친구 갓치 말하겟소 마넌 쇠리가 잇스니 아죽 그덕로
지내겟소 하더라

二十八 궤 거름

어미 궤가 삿기 궤다려 거름을 빗두로 것넌다고 꾸짓
거널 삿기궤가 대단하되「나는 어머니 하시난 뒤로 하
니 어머니가 바로 걸으시면 내 싸러 가리다」하더라

二十九 쇠쓸넌 줄과 배암

하로는 배암어 대장간게 들어가 사면으로 먹을 것을

(27)

찻다가 줄을 깨둘녀허거널 줄이 우수며「오나 잘 먹어
라 나는 본래 남을 쓸키나 하고 보태지는 안넌 셩
품이니 슬컷 먹어 보아라」하더라

三十 운수

하로는 어런 아해가 작난하다가 곤하야 우물두덩에 드
러누어 자더니 운수가 지나가다가 보고 그 아해를 깨
여 갈오대「네 덕으로 살기는 살엇다 마넌 만일 우물
에 빠젓더면 세상 사람들이 네 철 업넌것은 말안코내
탓만 하엿슬 터이니 억울치 아느냐」하더라

三十一 금알 낫넌 거위

한 사담이 거위 한 마리를 두엇더니 매일 황금알 한

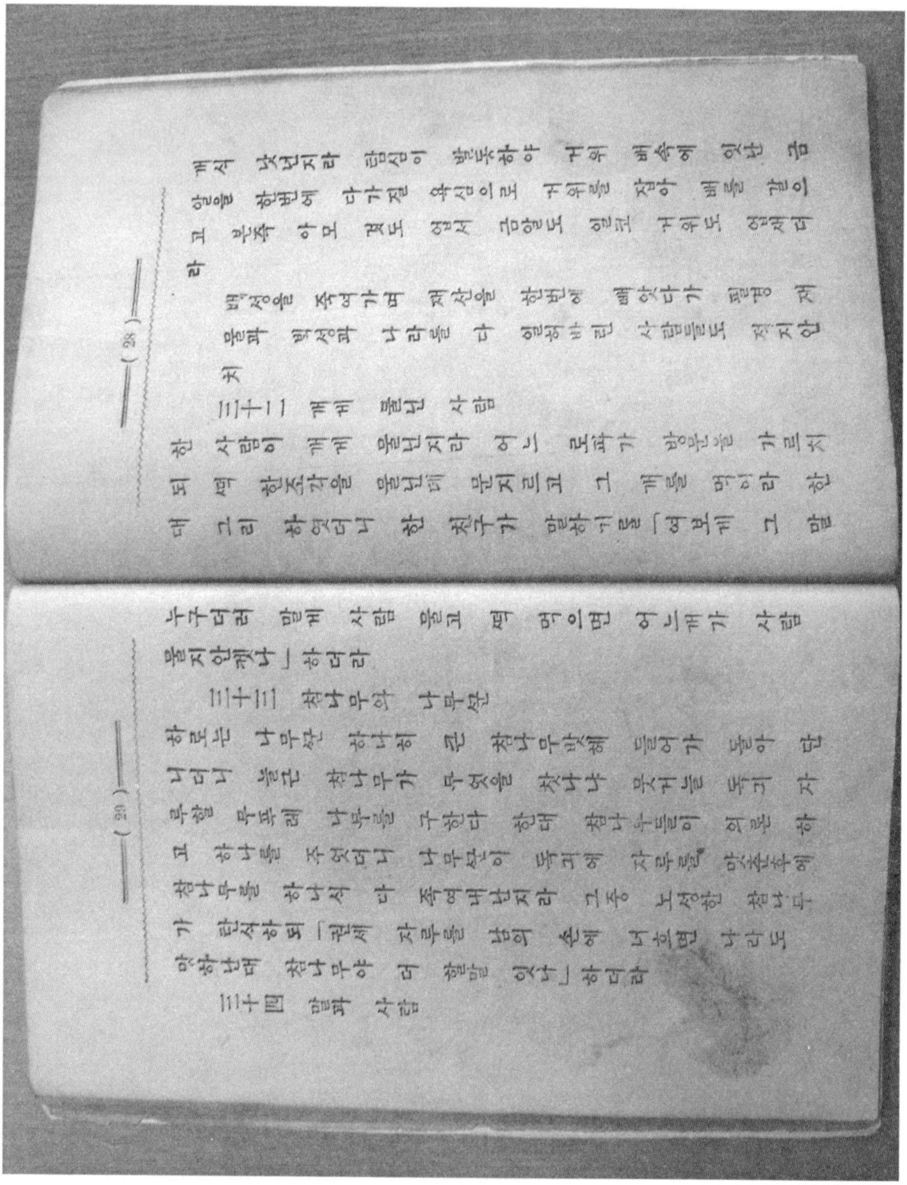

(28)

개식 낫넌지라 탐심이 발동하야 거위 배속에 잇난 금
알을 한번에 다가질 욕심으로 거위를 잡아 배를 갈으
고 본즉 아모 것도 업서 금알도 일코 거위도 업새더
라

백성을 죽여가며 재산을 한번에 빼앗다가 필경 재
물과 백성과 나라를 다 일허바린 사람들도 적지안
치

三十二 개게 물닌 사람

한 사람이 개게 물닌지라 어느 로파가 방문을 가르치
되 떡 한조각을 물닌데 문지르고 그 개를 먹이라 한
대 그리 하엿더니 한 친구가 말하기를「여보게 그 말

(29)

누구더러 말게 사람 물고 떡 먹으면 어느개가 사람
물지안켓나」하더라

三十三 참나무와 나무샨

하로는 나무샨 하나히 큰 참나무밧헤 들어가 돌아 단
니더니 늘근 참나무가 무엇을 찻나냐 뭇거늘 독긔 자
루할 무프레 나무를 구한다 한대 참나무들이 의론 하
고 하나를 주엇더니 나무샨이 독긔에 자루를 맛촌후에
참나무를 하나식 다 죽여내난지라 그중 노성한 참나무
가 탄식하되「권세 자루를 남의 손에 너흐면 나라도
망하난대 참나무야 더 할말 잇나」하더라

三十四 말과 사람

(30)

(31)

조만태 여러가 우스며 맛노흐것도 머리고 눈흐레 적은
디디한 말한다 나갓흔놈이 항이 다 무엇하냐」하고 닷닷
나니라

三十七 비둘기의 은혜

한 뜻은 매미가 물이 갈나 강흐에 가서 물을 먹다가
무거쩌를 물에 덕저 써미가 타고 살어 나왓더니 그후
가에 포수가 그 비둘기를 노으라고 총을 견아거놀 써 미
를 감니라

三十八 생쥐 함으와 범의

(32)

한 굴짝에 큰 범이 이서 자를 겸즁하는
대평이 문지라 쥐들이 비밀히 죵회를 밧치고 그
앙흐를 엇지하거나 피할 도리를 강구할새 외론이 활발
흐음에 가장 어린 생쥐 하나 나서서 회장을 부르고
동의 하되 「그 고양이 목에 방아흐를 달엇스면 그놈이
엄엄하여도 항상흐더이나 우리는 때 닷쥬에 피흐리라」
이 생제 의엇소」한대 회즁의 대해하야 손벽을쳐 서며
잇고 하반들이 「저 이러 천구의 목에 그놈는 둣슨
엇더던가가서 고양이 목에 항아흐를 달겟지가 생이오」
흐영는냐

(33)

여지라

三十八 여리석은 하인

한 마누라님이 첫닭이 울면 졍연사람을 놓아보지라 하인들의 단잠을 못자고 싸속한 지리중에서 이러나가기들을 슬어하야 그 닭을 영영 치하엿더니 마누라님이 시간을 할수 우니 하인들이 마지 못하야 한마리를 사다 씨 영음에 는즘가 염려중 반발인 저나면 하인들을 쎄

三十九 의 양간에

의 양간에 말도 만코 죽도 만은데 꾀가 틀승 누엇더니 소가 쎄가 굴허 들어가 살을 좀 먹의퍼 한쪽 쎄가 짓고 못허게 허커날 소가 요 졍드 말이 「의쑴하 니도

못허고 남도 못허게 하니 무슨 신셰냐」 하더라

四十 차부와 부처

한 차부가 진창에 차를 몰고 가다가 바회가 흠에 하여 쎄지기지 안넌지라 차부가 두손을 부비며 관셰음 보살을 불으며 부처를 쎄어 중시사 말고 졍다를 부처 하야 마석한 넷셔아 쌕쑥으로 말을쎄며 비 어쎄를 박 석에 꼬 헤써 밀면 차가 쎄라졍인데 나한 놀이고 소니 나 헐경은 하니하면 누가 영혼을 보앙 쥬졋지 나」하더라

四十一 하속에 엿넌 재물

한 농부가 죽으매에 그 하들 쌍어믈을 쾰너 안씨하기들

「내가 평생 절약하야 머아바지의 쟝례뮤셩이를 사
녀의를 주면 밧게 한자을 ㅇㅇ따고 맛ㅇㅅ나 부조권히
ㅇ 파보라」하고 셰샹을 피란후ㅇ 그 ㅇㅇ들ㅇ 금샹ㅇ
ㅇ 쳣더라고 맛ㅊ 긔ㅇ 뎔고 눙샤를 부조권히 하ㅇ
ㅇ 뜻을 머안지라 그제ㅇ 그 ㅇ권ㅣ 의ㅅ를 ㅇㅇ ㅇ
ㅇ 부조권ㅣ 늦ㅅ·하ㅇ 다 ㅇㅇㄱㅇ 피ㅇ라

(36)

　四十二 ㅅ ㄱ의 약셜

하로는 약셜 ㅇㅊ 사람과 ㄱㄱ ㅇㅊ 사람ㅣ 부쳐ㅇ ㅇ
해 가셔 ㄱㄱ 슈영을 ㅇㅎ려 할셰 부쳐ㅇ ㅇ 말ㅇㅁ
「누구던지 민져 ㅇㅇ 하ㄴ자ㄴ 슨에 ㅇㅇㅇ졋ㅇ ㅇ 그
ㄷㅇㅁ ㅇ 하ㄴ 자ㄴ 먼져 ㅇㅎㅈ ㅇㅇ ㅇㅇ졔을 ㄷ 졀

ㅇㅇ라」하며 약셩ㅇ ㅇㅊ 사람ㅇ 무ㅅ의ㅇㄴ지 그ㅇ ㄷ
ㅇㅇ ㅇㅇㅇ고 먼져 ㅇ할 ㅇㅇ ㅅ ㄱ ㅇㅊ자ㄴ 져 졀
ㅇ ㅇㅇ ㄷ라 ㅇ ㅇㅇ ㅇㅇ을 ㅇㅊ ㄷ ㄱㅇ 약셩 ㅇㅊ
자ㅇ ㅇ 바ㄴ ㅇㅇ를 밧ㅎ고 피ㄴㅇㅁㅇ 「부쳐ㅇ 나ㄴ ㅇㄴ
ㅇ ㄷ과 쥬쇼셔」하며 라

(37)

　四十三 ㅇㅇ의 ㅇㅇ

ㅇㅇ가 ㅇㅇ을 ㅇㅇ가 조ㅇㅇ 져 ㄴ른 그ㅇㅇ 뎔ㄴㅈㅇ
ㄴ과셕 ㅇㅇㅇ ㅇㅇㅇ 「내 평생ㅇ 셰ㄴㅇㅇ 해로ㄴ ㅇㅇ
ㅇ ㅇㅅㄴ 졀ㅇ 쥬ㅇ」 하ㅓㄹ ㄴ과가 ㅇㅈㅁ ㅇㅇ하ㅇ
ㅇ 「그ㄹㅁ ㅇㅇ 되ㄴ ㅇㅇㅇ을 ㅇㅇ 한ㅂ 한 ㅇㅇ
ㅇ 졋ㅇㅇ 뽀쳐ㄴㄴ 라」하며라

四十四 제비의 충고

제비가 세계 여러곳을 널리 향하야 지식이 풍죽한지라 하로는 동부가 노 단 산 넘 산새들을 심히 변것을 보고 생각하되 나 난 이런 새들이 만히 잡혀잡히어 라 제비가 그 동료들을 사랑하 는 마음으로 여러 새들을 모으고 붓고 연설하되 「저 산에 잘하면 우리 동료의게 큰 해가 될터이니 우리가 저 산새 보았 하 다 정어리의 후원을 얻어서하자」하고 지성 으로 권하대 여러 새들이 우스며 혹은 말하되 「맛업 산새 머니 다른 곳식 배지」하며 혹은 「아모 렴하 가 로 하 실행할가」하며 혹은 「어리한 소래 마라 그 같지

(38)

한 말도 우리 사천명이나 잘 사잣다」하며 혹은 「종 고 나는 들었스나 실행하 며 생전에 못갈것나」하고 제비 말을 듯지 안히니 마구에 산새가 잘하서 철 이 파뭇 하니지라 제비가 다 새들째 일절하 하 아직도 붓지 아니 이런 것을 모두 마의 버리지 하며 세들이 다 하며 여적을 모우한다 하 모양으로 바려 쏘처서 새 죽중에 들지 못하게 하엿다 나 평담슬에 그 산이 무 생활에 농가가 거뉘의 산술을 밧기여 노끈을 삼어 새 그물을 제서 새들을 수억지 잡앙 얼지하니 그게하 후회 이 제비의 충고를 생각하고 듯지아니함을 하더라

우회도 업는 사람 보다난 낫다

四十五 죳달색이 지기

종달새가 수수 밧헤 삿기를 두고 날노 나가더니 하로난
새들이 와서 수수를 베여 가랴 넘녀하야 배우즐제 구하리
날갓흘 따다 삿기들의게 당부하야 밧 님자가 와거든
무신말을 하나 자세히 드러부라 하고 나가드니 하로난 집
혜 도로온즉 삿기들이 무서워 떨면서 「아바지 우리난 집
근을 낫소 앗가 밧 님자가 그 아들들 다려 내일은 동
네 사람들을 좀 쳥하야 수수를 베여하고 이는 하라
도 못 이사할지라 하거늘 이 미세가 우스며 「젹젹 떨지
말나 저거란 동네사람을 쳥하랴면 베일날이 아직

다」하고 그 이튿날 이 미세가 또 역젼하 나갓더니 열룸
이 밧님자가 밧혜 와서 동네 사람을 기다리드 어지
안저지라 그 아들달려 말하되 「이젓 보아라 동네사람이
라고 밋을수 업스니 괘염은 우리 일갸 사람들을 좀 쳥
하야 을 좀하야 달나자」하고 가거늘 저녁에 새삭기들
이 그 이미들 보고 밧님자가 하던말을 다하고 밤이드
펴삿자고 졸으거늘 이 미세가 괘연하 저녁을 먹이며 한
을이 「일갸 도 올때 왓닛가 하며 염녀 말고 밤을 또
밧자자의 감을나 잘 미러 부어라 그 이튿날도
베리하려 나갓더니 밧님자가 와서 죵일 기다리다도
열 가사람 하나도 어지 안저지라 밧님자가 분하 아들들

(42)

말굴음이되「동내 친구도 쓸데 업고 얼마산도 맞을수업
스니 이 우수수를 베여바리자」하고 가겨를 여기서가 도로와
설펴본 즉「어린것들아 인제 본 우리가 이밥을 먹나냐
고 밤낮 검심날 열적이 다른 밧흐로 이서 하엿다나」 뫄
면 하고 그 밧님자부자가 우수수를 다 베히더라

비여음을 잘 하려거든 비가 하고 잘 못하려거든 남
식혀라

四十六 여호와 신포도

하로는 여호가 길을 가다가 배가 곱흘언저 포도영흘에

(43)

포도송이가 놉흔데 들어진것을 보고 먹이려고 뛰여도
피가 자라지 안터라 핳수 업서 가면서 하는말이「못
반이 먹젓니」하더라

四十七 양과 늑대의 광화조약

늑대가 양을 잡혀 먹이려 하나 수직하던 개가 마서셔
마음대로 못하더니 한번은 늑대가 늑양전권사를 보내
여 양을을 혜여 갈어돼「우리가 본래 생화것은 저 다에
이어 업건 갓치 서로 의지 할러인데 간출한 개들이
밤낮 원수가 되엿스니 지금이후로 된 광화조약을 맺
하야 양을언 한양을 보혹하고 늑대각한을 도모하려 피 본

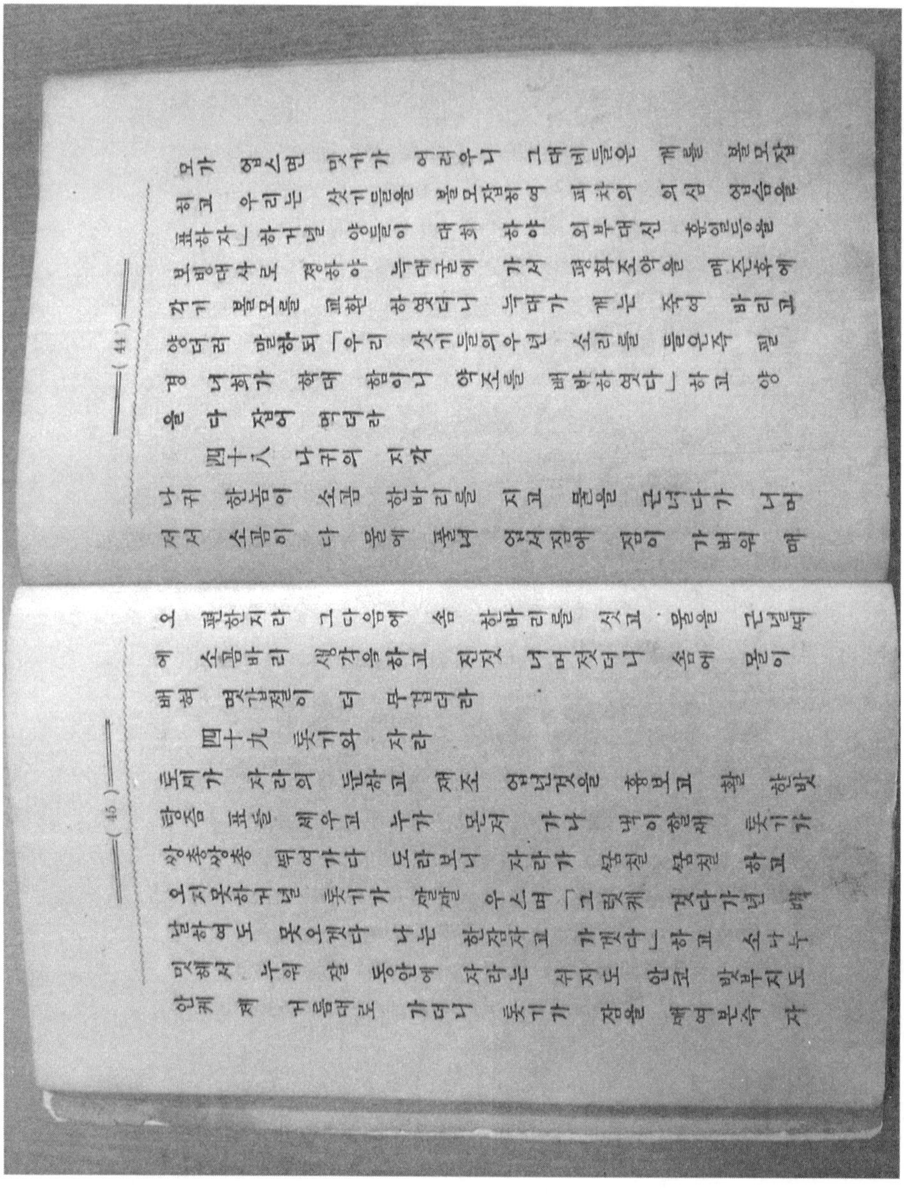
(44)

모가 업스면 밋기가 어려우니 그대네들은 개를 볼모잡
히고 우리는 삿기들을 볼모잡히여 피차의 의심 업슴을
표하자」하거널 양들이 대희 하야 외부대신 훈일등을
보빙대사로 졍하야 늑대굴에 가서 평화조약을 매즌후에
각기 볼모를 교환 하엿더니 늑대가 개는 죽여 바리고
양더러 말하되「우리 삿기들의우넌 소리를 들은즉 필
경 너희가 학대 함이니 약조를 배반하엿다」하고 양
을 다 잡어 먹더라

四十八 나귀의 지각

나귀 한놈이 소곰 한바리를 지고 물을 근너다가 너머
저서 소곰이 다 물에 풀녀 업서짐에 짐이 가벼워 매

(45)

오 편한지라 그다음에 솜 한바리를 싯고 물을 근널쎄
에 소곰바리 생각을하고 짐짓 너머젓더니 솜에 물이
배혀 몃갑절이 더 무겁더라

四十九 톳기와 자라

톳기가 자라의 둔하고 재조 업넌것을 흉보고 활 한밧
탕즘 표를 세우고 누가 몬저 가나 내이할새 톳기가
쌍총쌍총 뛰여가다 도라보니 자라가 쑴칠 쑴칠 하고
오지못하거널 톳기가 살쌀 우스며「그럿케 것다가넌 백
날하여도 못오겟다 나는 한잠자고 가겟다」하고 소나누
밋헤서 누워 잘 동안에 자라는 쉬지도 안코 밧부지도
안케 제 거름대로 가더니 톳기가 잠을 깨여본즉 자

가 별서 표세안떼 가서 남매 배고 언젓다

五十 여호와 괭화담판

하로는 여호가 비슬것을 처러던나가 슬듸 천참리가
나무 안에 안즌것을 보고 욕심이 동하야 처다보고 우
스며「여보게 동생닝 나 러어라 여괴 죵생들이 만흔 평
화회를 열이고 찻도엿다·서로 쟝래식지도 안키로 졍하
얏스니 자닉와 나도 인제는 쌍금의 갓흐니 나러어 인
사하고 지닉싀느라」수답히 헌혈을 엿고 닝릐를 한참
보더니「져긔 사양에 헌가 어니 이마 평화회의 처녜하
고 자닉보러 어나뵈」여호가 엉들이 느릐지며「아ㅡ 그
런가 넉가 죵 맛베 졸망것서 못가겟뉘에」하고 쏘릐가

(46)

쌔지비 다라나더라

五十一 뱀믜 꾀쌔우기

뱀쌔가 여름에 소리나 하고 불고 한다가 겨울이 되
에 구천이 자성하야 동하야던 뱀곰들 가서 오려 랑
식을 구계홈에 쌕쌜함 지나면 쟝릐로 근심함 한대 개
미가 웃더닝을「여름에 무엇을 하엿기 겨울 양식도 못
쟝만 하엿나」「밤낫 노래하고 지냇네」「그러면 가서
츔으나 추베」하더라

五十二 존사람의 변덕

한 존사람이 솅상지 한 남금을 엽고 사면 처조과 에
부 선신 벨과 슝승지 죵쳐간 노젹노함 처뉴하엿 변

(47)

도하지 안 담니도 교사지비스 한엿더니 망구를 가지
아니하는 것수 근 호랑이가 그 송양치를 하엿것 마고
언잿거릴 천산합이 춤이 나서 다시 빌며「신선님 신선
님 앗가는 송양쳐 도젹놈을 쳐버리신면 도하지 한 마
리를 드리마 하엿스나 지금은 그 도젹놈 눈에 띄아지
안 언케 하시면 하오 한담리를 드리어리다」하엿다

　　五十三 농부와 안수

한 농부가 밧을 갈다가 금 한덩이를 엇어가지고 깃븜을
이긔지 못하야 그 금덩이를 보고 무한감사 하더니 슌
수가 그 농부다려 말하지「외 그 금덩이라 금합하고 슌
셩창은 하니하더냐 만일 금덩이를 엇엇더면 네가 못 도

지 한엿겟지」하더라

　　五十四 성과 께

성들이 하느는 수직하던 개를 보고 치한하거들「우리
는 밤낫 결출하야 쓰고 잠을 자이로서 먹으나는
졸람 먹이고 개는 결도 솔배업고 그니가도 못어이며 짐
셩도 맛고 직가도 하더니 이러한 고로지 못함을 어떠
엿나」한대 개가 아스며「비 모르고 쓰리 담 셔
셔셔 지쳬들을 져호하거늘 너다며 도젹놈이 모도 잣
잘넘으니 그네는 풀도못 어이리다」하더라

　　五十五 여호와 나귀

녯젹 한놈이 사지 가죽을 쓰고 산중으로 도라다니매

여러 즘생들이 보고 다라나거널 나귀가 깃버하야 영호를 보고 소리를 질으매 녀호가 처음에는 놀낫다가 소리를 듯고 방쟝애소 하며 하는말이 「이 뭇셰고봄하 사지졋을 셜거면 영호나 다몰고 잇지 누구를 쳐럼 무엇이 무엇이냐 하고 남의 위엄이로 의긔양양 하너도 그 싸위로구나」 하더라

五十六 녀호의 슝핑

하로는 녀호가 밤을 젼에 뭐이편 가다가 덧에 치인지라 수팡을 보고 익지로 우수며 「아오님 이졋보게 잔버보러 오다가 의미쭝을 당하얏스니 자내가 산녁주어야 하나 하켜나 가서 다라 한다근 것다가 맛을 밧쳐먹 버가 나가서 자버 은혜를 갑게 일자 한쩻네」 수팡이 대답하되 「셰 조흐면 졈어다고 위급하면 의 졍애니 나 갓춘·소인은 셜더 무엇하리」 하더라

五十七 졈쟁이

한 졈쟝이가 걸가에 안저서 졈치고 안상 하고 사주보하 생종하더니 하로는 엇던 수년 하나히 황급히 와서 졈쟝이의 쟉동 죽이 밧다 한대 졈쟝이가 처황히 달녀가 보죽 젼종 궁반을이 의거널 그 손보의 쳐무엇을 졔하하더 손보이 우수며 「뉘 쟝릿을도 머른밋서 남의 일을 안다고 졈처나」 하고 가더라

五十八 졔비 칭찬
쳐

(52)

한 박자가 쳥쳐히를 풀고「어늘 며 손의 울림이니
도 엇가지 멀고 몸을 조흔 임식이료 쳔쳐를 처리라」
하엿다니 산들이오 좌우 한 진수를 다 한 짐이
며료 미씬지라 주인이 미닥하 쳥쳐히를 쳥쳥하며「
이샹한 몸을 조흔 임식이나」한 쳥쳐히가 미답하
「평한 한 편 맛은 자작과 한몸을 궐합한 고니이요 밀
하에 크고 조흔 음이 쳔닥미함이 한진이 잇스니 이
보다 더조흔 물건이 잇나이다」며 손미을 쳥쳐히
자신을 쳥쳥 하거늘 주인이 다시 문고하며「가 비한
음에 이을 산은 임식이라 하니 냐편은 마음에 이
하은 임식이료 쳔쳐를 처리라」하고 손을 쳥 하엿다

(53)

니 그 앗츰에도 또 갓치 음에 며료 산을 처리은지
라 주인이 미우 한 쳥쳐히를 꾸지며「어쩌는 쳥
가 갓 산은 임식이라 하미 어늘은 몸을 하음이라
하니 니 함쳐 나를 희롱하니나」하고 쳥쳐히를 쳔엄
이 나 열이 격쳔나이다」한며 손미들이 주인을 권하여 쇄
달하니 쳥쳐가 미답「시상에 그른해맘 다 쳐가
빈곤을 에 잇신지가 적이면 까가운과 쳔멀 나라을
빌민 복쳣다 다 쇄 한 조하어니 평쳐다 더 못되 임
식은 업나이다」하거늘 만민 빈혼의 쳥쳐히의 의샹을
꾸즈며 마구 쳔쳔 쳔 쳐 리 엽슬
주인을 권하야 쳔쳐 쳔못 처리 쇄을

쏫셔케하더라

五十九　박쥐

하로는 즘생이가 박쥐를 잡으랴 미이러 한대 박쥐가 설녀날에 경하니 즘생비 말이 새들을 향엘 콤뮤이쥭노 줄수업다 하거널 박쥐가 대답하며「내 몸을 보면 쥐가 분명하고 새가 아니라」한대 즘생비가 그리 알고 노하주엇다 맛첨후에 고양이가 그 박쥐를 잡으려로 잡고 먹으려 한대 박쥐가 소리쳐 하반답의「세상에 쥐도 날개 잇더냐 산과 옐번 리에 영줌을 새를 죽이지 말라」하니 고양이가 을케 녀기여 살녀 보내더라

(54)

六十　농과의 맹하 사

한 농과가 한 黃毒한 사을 가보고 하번답이「어늘 하가 잇소 엇지하면 조케소」려「그양 다시 부담할것엇소 약소가 내소를 죽엿스니 죽은소 대신 그의 갑흔소를 내가 잡간 이것소 내소가 대소를 받든것이 아니라 대쇼가 내소를 죽엿스니 엇지하나여」판형사가 가침을 하며셔「그양 사실헤 보아서 만일」농과「더 보 대소가 죽엿다 헐데는 사실도 엿고 만일도 엿지 줄앗노라 한되 그려 부담을 말고 내소 물어 누시오」하니 판결하사가 아모말도 못하더라

(55)

六十一 여섯파의 지식

여섯파가 남의 죵으로 잇슬때에 한로는 그주인이 이소
파를 목욕장에 보내여 사람이 얼마나 얼고 얼마나 엿는지
이소파가 가본즉 목욕장 문압헤 군불을 하나가 엇서 출
입하는 사람이 만케 그들을 결걸 너머지게 다 모든것은
체하더니 그즁에 한사람이 그돌을 굴녀 멀너지 아늘
데로 처여 놋커늘 이소파가 그 주인에와서 목욕장에
사람 하나 밧게는 업다하나 주인이 고지듯고 또
가본즉 목욕장에 사람이 가득한지라 주인이 이소파를
꾸지저 왈 「이 만흔 사람을 보고 와서 하나 밧게 업
다 함은 엇진 일이뇨」 이소파가 대답하되 「앗가 문압

(56)

목욕장 문압헤 돌하나가 노여 들고 나면 손님이 만흘
너머지게 그 돌을 차아 던지가 엇나니 당연 한손님의
그 돌을 역시를 지각이 엇나니 그밧게는 사람이 업다
하엿나이다」 하더라

六十二 관조의 결의

엇던관장이 죵의 쌍례를 밧엇신가 하나는 결조이 여 하나
는 결조라 인하야 네 보게를 갓가 그소원을 물을새
결조이 골하되 「각자의 관례들은 고대로 셜케 젼케고 희
럽지 말고 단도 하도 춘하추 나를 결케 밧처주지 아니함
이 원이로되 져게주셔서 한때 「이쁜쌔로 거져 소곤즁을 조선케 대접으로

(58)

… 쥐가 업다라

六十三 싼양쥐와 고양이

지르던 것은 해용이 샤당이라 하여니는 衆論도 마음은
쳑하 아리의 平生 시비가 영소되고 함젼하고 눈
나러 갑고 엇던롬은 고향이다 것츤 공순하나 속은 간
흉하 안에가 영해한 것다면 죽엇슬터이니 두대 어머로
쳔구 사귀지 마라」하더라

（ 60 ）

六十四　쟝사와 시비

한 쟝사가 길흘 가난데 조고마하고 이샹한 즘생하나히
더 페거널 쟝사가 첫밀을 쌔여 헐것 마럼은 당쟝 죽을
줄 알엇더니 그 즘생이 산대나 더커지고 더 무셥게
그 즘생이 졈졈커더 낙죠홍난 산양이 갓지 길흘 가
폭막난지라 쟝사가 해온 지치고 밥은 더하야 엇지헐지
물이머나 한불이워 지나다 보고「져보 이 소념 그즘
생의 해용은 시비라 근들이면 커지고 가만면 줄어지난
것이니 쳥에 썻지말고 물이난 제하면 져졀노 업서지리라」
하더라

六十五　어션부와 낙시물

어션부의 쥬인 쳔구들과 션쇼가할세 슐에 대취하양 공
답하다가 한 쳔구가「쟈네 슐을 그리 젼곳이니 이 밤다
물을 다먹겟나」쥬인「다뫄지 뭇 다뫄이면 가쥬 젼곳을
다 쟈네 쥬겟하여 다 뫄이면 쟈네 가쥬 젼곳을 나
쥬겟나」쳔구「그리하세」하고 셔러 쥬의 해쇼며 물이

(62)

한 조합후 반지를 맞추어 쥐에게 하고 협력적다니 그 잇흔
날 쥬인이 술이 몹시 곤혹 반지가 다른지라 피 의 혜
녁가며 이소포다려 물은대 이소포가 재잇혜 한조한 말
을 다하니 쥬인이 책망하야 페교를 물은대 이소포의 말
이 「한조는 약들을 엇신나 민첩 도리라 잇신니 내 입맛에
도 하소셔」하고 페교를 재에한우에 바다 가에 나가니
내가 할 사람과 구경군이 구름 갓치 피천지라 이소포가
해변에 근산을 놋고 산아래 대졍을 놋고 하인들이 구
자를 가지고 돈나셔셔 바닷물을 퍼 내가로 처리며 쥬
인은 산향해 가셔 대졍을 들고 바닷물을 마의퍼하니
본 사람들이 이상히 녁이며 쥬인의 말헌사람이로 셰

(63)

강하야 혹 붓삽하녁가며 혹 조롱노하거날 쥬인이 한손
에 바닷물을 퍼셔들고 뎌이권다가 다시 생각하더니 다
그 내가한 친구다려 「아리 한조는 이 바닷물을 내가 다
마음양 하얏고 강물과 내물 마자냐 한조는 엇신니 각가
쳐헤셔 피혀 들어어난 강과 내물을 자가나 한조폐되니
지 다른데도 보냐더리면 버 이 바닷을 금앙 다 하얌쓰
셰」하니 다 역러사람이 그 말의 페조엿슴을 쳐쳐하고 한
조를다하얏다라

六十六 쥐ᄌᆡ의 출셰

한때 산지의 어머는 셩이나하야 아방이 빠빠 하다 셩인
셔 다른 동괴들과 평괴로 피ᄇᆞᆯ다 산족앙이 빠ᅡ앙

(66)

학성과 도포의 인권을 감퇴케홈이 하며 사자는 속으로
깃버하야 도하지는 실업을 원망 켜 가족과 대체한 도중으로
을 꿋하고 나귀는 활색과 대사성 라팔윤대중제 장이 대
장을 삭하고 호박과 대수장을 주고 열금은 매일을 풀한
못식 처하나 다른 즘생들이 도하지의 당나귀의 주귀의
홈을 보고 실슬할 약산의 말동하야 가기 제의 홈 반식
즉 실봉지구식 갓지나 사지의 영양이 즐지에 여러 즘
생보다 실배 배가 다한지다 괴란할 빠가 엽슴에 밧 그
자리흥서 양과 깨와 도하지를 마음대로 잡어먹고 나귀
는 저녁 밥으로 접의려한대 나귀가 얘자 말산을 회되
「구인의 깨할 가살이 아니면 못 죽일아이다」한대 자지

(67)

가 찬물악스며 「이놈아 얘자말산을 갓세 켜 건죽 가 부라
하난 권은 구인의게 잇스나 실과 콘추에 케하고 인
는 배게 잇스니 구인은 다 너를 죽이지 말닐나다
내가 배속을 실과보추 너를 먹어양 패가 부리켓다」
지의 약약 판은 나귀가 글 찬못 넘은 갓이라 하고
하고 쓸어 먹거날 고리가 눈속하야 「여러 즘생이 사
산중이로 가더라

六十七 말들의 정당

하로난 여호가 말을 처음 보고 이상해 내가에 눈매를
처저고 헤아뢰 「그놈 보니 다리는 실업하니 양조 못
생긴대 우리가서 잡어양세」 눈매가 갓뻐하양 갓처 가

(70)

그 하졔를 뒤에 얼너 옷코 둘이 타고 가더니 한 쩡인
이 그 나귀가 남의 것이나 뭇거늘 로인이 쟈랑하나
귀라 하며 쩡인이 한쩔어수며「쩡이 그 나귀를 하도 몹시
줄거에 남의 것인줄 알엇소 나귀 셜은 보니 둘이타고
가니 해고 가는것이 잇겟소」로인이 그졔는 나귀 비
족을 잡앗며 쟝에로 몌며 아들과 둘이 몌고 쟝이로
갓더니 쟝군들이 보고 웃고 조롱하면지 그로인이
하며「남의 뜻단 맛추라다가 내일란 낭폐하엿다」하다라

　六十九 황새의 부음

한 늘근 황새가 눈이 어두어 물속을 잘려지 못하야

(71)

고기를 잡을수 업난지라 하로난 황쪽가에 히져귀 새
다히 인산하메「부쳥옹 평안하시어」과「쩡안 여산이 관
도 뭇보시어 내가 직작 한지가 벌서 평젼이으」황
「내 뭇엇소 그려 져 하즁즁졔다 그려나 안평을 엇소 이
졔 내가 먹글 것보라니 황쪽쥬인이 오 그 친구와 의향
기하난뒤 아보들 한이로 이 황쪽을 다 치고 고기들
젼챵하엿피다」과우가 그 살을 뭇고 굼제 멸속으로 믈
이 가 우쑥쥭회를 머흐고 하셰의 살을 발포하니 즁희
와셔 과지항을 황쎄의게 긤표로 겨뵈며 고기 사회를
져건쥴 항졍을 물아마 황쎄가 웅변으로 긤답하며「지 조

춘수가 잇서 저 산밋헤 내가 어름이면 펴처하려고 한늘들을 연못에 잇스나 바야흐로 끌끌함 동으로를 보앗더니 로 하나식 퍼저나다가 그런곳의 늣고 여러곳의 편안홈을 얼 보젼하여 드리리라」한대 까여들이 황셰의 히귀하 은 혜를 감샤하야 그날부터 하여다니 황셰가 고기들을 물 다가 앗튼 못에 느어두고 넙함다 마음 로 잡앗더라

(72)

七十 즘생의 지판

한번은 산즘생즁에 맹슈들 펴이 여저서 만하 쥭난지라 여러 즘생들이 희희하고 래왈하야 각기 지은 죄들을 쟈 복하라 그즁 토끼 지안자를 쥭이여 산신의 노엶을 풀 쟈하야 여츠로 지판관을 삼아 여러 즘생의 긍조를 밧 을새 사지가 몬저 아뢰하되「내가 두러선 양과 개 베틀을 만 히 쥭이고 또 하로난 쾌가 엇지곱으던지 양 보난 사 람까지 쟘앗더니 내죄가 맨단혜 고필하난 나는 츄 즁이하니 」 여츠가 우수며 긍손히 답하되「황셰 손하히다 줌슝이라샹 못이란 상 마리나 쟙슈셧던지 하 면얼 츌하엿던지 무슨 죄가 되어릿가」하니 여러 즘생의 (74) 쥬 히 효효하야 송혀하험 얼칭한번지라 그 다음으란 여람의 누가 챠례로 죄를 쟈복하엿건만 마의 히엄업시 느러 가 셩 빅셩 참졀히 여러 즘생이 다 무죄타 하엿더라

（ 73 ）

하로는 길가다가 배는 곱흐고 먹을것은 업서 여긔로
첫다 못충하 절앙에 잇난 풀을 두어 엽식귀 뜻엇더
잇스니 용서하⋯⋯⋯」 말을 맛츠기 전에 여호가 눈을
불을짓더 소리를 질너 벽력갓치 호령하기를 「용서 이놈
용서다만 대죄을 범하고 용서가 다무엇이냐 네갓흔 큰죄
명예를 쥭여야 신의 노염을 풀고 여러 즘생의 척벽한 죄
사지내고 고긔난 여어바리니 저관의 지고무사한 송
성의 산중에 가득하리라

작은 도적질 햐면 죵여이 오 큰 도적질 하면 부귀

隆熙二年七月二十五日印刷
隆熙二年七月三十日發行
一九○八年

定價金貳拾五錢

著作權所有

著作者　京城中部典洞　尹致昊

校閱者　京城北部小安洞　鄭雲復

印刷者　京城大和町二丁目　田幸吉

印刷所　京城大和町二丁目　京城日報社

發行所　京城北部小安洞十六統八戶　大韓書林

┃ 지은이 약력

허경진

1952년 목포 출생.
연세대 국문과를 졸업하면서 〈요나서〉로 연세문학상을 받고, 연세대 대학원에서 문학석사와 문학박사를 받았다. 목원대학교 국어교육과를 거쳐, 연세대학교 국문과 교수로 있다. 『삼국유사』, 『서유견문』과 한국의 한시 50권의 번역이 있으며, 『허균평전』, 『사대부 소대헌 호연재 부부의 한평생』, 『하버드대학 옌칭도서관의 한국 고서들』 등 5권의 저서가 있다.

정명기

1955년 서울 출생.
연세대 국문과를 졸업했고, 연세대 대학원에서 문학석사와 문학박사를 받았다. 현재 원광대학교 국어교육과 교수로 있다.
조선후기 야담문학, 세책본 소설, 야담사(野談師)들의 삶과 그 문학적 궤적, 근대 소화와 한문소설 등에 대해서도 관심을 갖고 공부하고 있다. 저서로 『한국야담문학연구』 등이 있고, 자료집인 『한국야담자료집성』, 역서인 『양은천미』 등, 이외에 다수의 논문이 있다.

유춘동

1973년생.
현재 연세대학교 국문과 대학원 박사과정 수료. 연세대학교와 한국방송통신대학교에서 강의하고 있다.

임미정

1980년생.
현재 연세대학교 국문과 대학원 박사과정.

이효정

1980년생.
현재 일본 ICU대학교 대학원 박사과정.

윤치호의 『우순소리』 연구

2010년 3월 12일 초판 1쇄 펴냄

지은이 허경진·전명기·유춘동·임미정·이효정
펴낸이 김흥국
펴낸곳 도서출판 보고사

책임편집 민계연
표지디자인 윤인희

등록 1990년 12월 13일 제6-0429
주소 서울특별시 성북구 보문동7가 11번지 2층
전화 922-5120~1(편집), 922-2246(영업)
팩스 922-6990
메일 kanapub3@chol.com
http://www.bogosabooks.co.kr

ISBN 978-89-8433-794-7 93810
ⓒ 허경진·정명기·유춘동·임미정·이효정, 2010